*Sterne in der Nacht*

# SANDRA BROWN

# *Sterne in der Nacht*

Deutsch von
Heinz Tophinke

Weltbild

Originaltitel: *A Whole New Light*
Originalverlag: Bantam Books



**Die Autorin**

Sandra Brown hat seit ihrem Debüt 1981 mehr als 65 Romane geschrieben, die sich fast alle ihren Platz auf der Bestsellerliste der New York Times erobert haben. Ihre Bücher wurden in 30 Sprachen übersetzt, einige wurden verfilmt, und die Gesamtauflage ihrer Bücher beträgt weltweit mehr als 70 Millionen Exemplare. Sandra Brown ist in Texas geboren und aufgewachsen; heute lebt sie mit ihrem Mann, dem Autor Michael Brown, in Arlington, Texas.

# 1

Rosinen sehen eigentlich ziemlich eklig aus, dachte Cyn McCall.

»Brandon, bitte!«

»Ich mache das aber gern so, Mami, weil man sie sich dann bis zuletzt aufheben kann.«

Mit einem resignierten Seufzer schüttelte Cyn den Kopf. Ihre Mutter hörte sie und kam in die sonnige Küche.

»Was ist los? Was bekümmert dich, Cynthia?« Ladonia steuerte geradewegs auf die Kaffeekanne zu und schenkte sich eine Tasse ein.

»Dein Enkel pickt die Rosinen aus den Cornflakes heraus und dekoriert damit den Rand seiner Schale.«

»Wie kreativ!«

Cyn starrte zuerst auf ihre Mutter, dann auf die Milchlache, die durch Brandons »Kreativität« am Fuß seines Schälchens entstanden war.

»Ich wollte ihn eigentlich erziehen, Mutter, nicht ihn für seine Kreativität loben.«

»Bist du mit dem falschen Fuß zuerst aufgestanden? Schon wieder?«

Die Pause zwischen den beiden Fragen war nicht zufällig. Das war Ladonia Pattersons subtile Art anzudeuten, dass die Tage, in denen ihre Tochter schlechte Laune verbreitete, sich auf unangenehme Weise häuften.

Cyn gab vor, diese kleine Spitze nicht zu bemerken, und tupfte die Milch auf dem Tisch mit einem Küchentuch auf.

»Iss deinen Toast, Brandon.«

»Kann ich ihn im Wohnzimmer essen und dabei Sesamstraße anschauen?«

»Ja.«

»Nein.«

Die gegensätzlichen Antworten kamen gleichzeitig.

»Mutter, du weißt doch, dass ich ihm gesagt habe …«

»Ich möchte mit dir reden, Cynthia. Allein.« Ladonia half ihrem vierjährigen Enkel von seinem Stuhl und wickelte den Zimttoast in eine Serviette. »Aber nicht krümeln, ja?«

Sie gab Brandon einen Klaps auf den Po, schob ihn zur Tür hinaus und wandte sich dann ihrer Tochter zu. Doch bevor sie etwas sagen konnte, ergriff bereits Cyn das Wort.

»Diese dauernden Einmischungen, wenn ich Brandon zu erziehen versuche, müssen aufhören, Mutter.«

»Darum geht es doch gar nicht.« Ladonia, eine schlanke, attraktive Frau, brachte sich am Frühstückstisch gegenüber ihrer Tochter in Position.

Dass ihre Mutter gerade jetzt etwas besprechen wollte, passte Cyn ganz und gar nicht. Sie warf einen raschen Blick auf ihre Uhr.

»Ich muss gehen, sonst komme ich zu spät zur Arbeit.«

»Setz dich.«

»Ich habe keine Lust, den Tag mit einem Streitgespräch zu beginnen.«

»Setz dich«, wiederholte Ladonia in aller Ruhe. Cyn ließ sich auf einen Stuhl sinken. »Noch einen Kaffee?«

»Nein, danke.«

»Du bist nicht mehr du selbst, Cynthia«, begann Ladonia und nahm mit einer frischen Tasse Kaffee am Tisch Platz. »Du bist gereizt, nervös, unausgeglichen, ungeduldig mit Brandon. Wenn ich es nicht besser wüsste, würde ich glauben, du bist schwanger.«

Cyn rollte die Augen.

»Was das anbelangt, kannst du wirklich beruhigt sein.«

»Was ist mit deiner guten Laune passiert? Welche Laus ist dir über die Leber gelaufen?«

»Gar keine.«

»Also gut, dann sage ich es dir.«

»Das habe ich mir schon gedacht, dass das jetzt kommt.«

»Nun werde nicht gleich frech«, mahnte Ladonia mit erhobenem Finger.

»Mutter, wir können uns dieses Gespräch wirklich sparen. Ich weiß doch längst, was du mir jetzt wieder sagen willst.«

»So, und was ist das deiner Meinung nach?«

»Dass mein Leben nicht ausgefüllt ist. Dass Tim nun schon zwei Jahre tot ist, ich aber immer noch am Leben bin, immer noch jung. Dass ich noch Jahre vor mir habe, auf die ich mich freuen kann. Dass ich in einem tollen Job arbeite, in dem ich sehr gut bin, aber dass Arbeit schließlich nicht alles ist im Leben. Dass ich Interessen außerhalb meines Berufs entwickeln und mir neue Freundschaften aufbauen soll. Dass ich ausgehen, mich mit Leuten meines Alters umgeben, einem Club alleinerziehender Eltern beitreten soll.« Sie warf ihrer Mutter ein wehmütiges Lächeln zu. »Siehst du? Ich kann es bereits auswendig.«

»Und warum tust du dann nichts von alldem?«

»Weil es das ist, was du willst, nicht das, was ich will.« Ladonia verschränkte die Arme und beugte sich über den Tisch.

»Und was willst du?«

»Ich weiß nicht. Ich will …«

Was? Cyn suchte nach einer Erklärung für ihre Niedergeschlagenheit. Es war nicht so leicht auszumachen, was in ihrem Leben fehlte. Hätte sie davon auch nur eine vage Vorstellung gehabt, sie hätte längst versucht, diese

Leere zu füllen. Sie hatte seit Monaten das Gefühl, sie würde in einer Art Vakuum leben.

Brandon war inzwischen nicht mehr so klein, dass er sie ständig, Tag und Nacht, gebraucht hätte. In ihrem Beruf fühlte sie sich ineffektiv. Den Haushalt hatte ihr größtenteils Ladonia abgenommen, seit sie nach Tims Tod zu ihnen gezogen war. Cyn konnte sich zwar als offizielles Oberhaupt der Familie bezeichnen, doch im Endeffekt zählte dieser Titel nicht viel.

Nichts in ihrem Leben vermittelte ihr Zufriedenheit oder gab ihr das Gefühl, etwas erreicht zu haben. Ihre Jugend und Lebensfreude wurden vom eintönigen Alltag förmlich aufgezehrt.

»Ich möchte einfach, dass etwas passiert«, sagte sie endlich, »etwas, das mich aufrüttelt, mein Leben durcheinanderwürfelt.«

»Pass auf, was du dir da wünschst«, riet ihr Ladonia leise.

»Wie meinst du das?«

»Tims Unfalltod hat dein Leben ja wohl genügend durcheinandergewürfelt.«

Cyn schoss in die Höhe.

»Das ist schrecklich von dir, so etwas zu sagen!« Sie packte ihre Handtasche, die Aktentasche und ihre Schlüssel und öffnete die Hintertür.

»Vielleicht war es das, Cyn. Ich wollte allerdings nicht unsensibel sein. Aber wenn du willst, dass sich für dich etwas zum Guten wendet, dann kannst du nicht dasitzen und darauf warten, dass das Schicksal dein Leben für dich regelt. Dann musst du schon selbst ein paar Dinge verändern.«

Dem hatte Cyn nichts entgegenzusetzen.

»Der Verkehr auf der North Central wird ein Albtraum sein, so spät wie ich jetzt wegkomme. Sag Brandon, ich rufe ihn in meiner Mittagspause an.« Rechtschaffen empört machte sie sich auf den Weg zur Klinik.

»Ich weiß, was ich gesagt habe, George, aber das war gestern. Wer hätte denn geglaubt, dass sie an die Öffentlichkeit gehen, bevor …«

Worth Lansing bedeutete seiner Assistentin, ihm noch einen Kaffee einzuschenken. Ihre Pflichten gingen über die einer normalen Sekretärin hinaus. Mrs Hardiman war alles in einer Person – Sekretärin, Assistentin, Mutter und Kumpel, je nach Lage der Dinge. Und sie war in jeder Rolle hervorragend.

»Ich weiß, das ist mein Job, George, aber Sie haben nichts verloren …«

Während sein Klient weiterschwafelte, hielt Worth den Telefonhörer an die Brust.

»Sind noch andere Anrufe gekommen?«, fragte er Mrs Hardiman; sie goss gerade die Pflanzen, die sein Büro im zwölften Stockwerk schmückten.

»Nur von Ihrem Zahnarzt.«

»Was will der denn? Ich war doch erst letzte Woche bei ihm.«

»Mhm. Er hat sich Ihre Röntgenbilder angesehen; Sie brauchen zwei Füllungen.«

»Na, großartig.« Worth atmete tief durch. »Irgendwelche guten Nachrichten? Sind Sie sicher, dass Greta nicht angerufen hat?«

»Absolut sicher.« Sie stellte die Messingkanne wieder in den Schrank unterhalb der Minibar.

»Gut, aber wenn sie anruft, unterbrechen Sie mich«, trug Worth ihr auf und blinzelte unzweideutig. »Egal, was ist.«

Mrs Hardiman signalisierte etwas spöttisch, dass sie verstanden hatte, und verließ das Zimmer.

Worth hielt den Hörer wieder ans Ohr. Sein Klient schimpfte noch immer über die Unwägbarkeiten des Aktienmarkts.

»George, beruhigen Sie sich. Es war einfach nicht die richtige Aktie für Sie, das ist alles. Gönnen Sie mir eine kreative Denkpause. Ich melde mich auf jeden Fall bei Ihnen, bevor der Markt schließt. Noch sind ein paar hübsche Kaninchen in meinem Zylinder, da ist sicher eines dabei, das ich für Sie herausziehen kann.«

Er legte auf, verließ seinen Bürostuhl aus rotem Leder und warf einen Blick auf den Fernsehschirm, auf dem ständig die aktuellen Börsenkurse angezeigt wurden. Dann nahm er einen Basketball zur Hand und zielte auf den Korb an der Tür. Er verfehlte ihn.

Kein Wunder; er war außer Übung. Es war eine derart höllische Woche gewesen, dass er nicht ein einziges Mal in die Sporthalle gekommen war, wohin er normalerweise jeden Tag und mit großem Eifer ging. Diesen Nachmittag, nahm er sich vor, würde er seinen Körper einem harten, schweißtreibenden Training unterziehen, bevor er sich mit Greta traf. Am kommenden Wochenende musste er in Topform sein.

Die Informationen, die über das untere Drittel der Mattscheibe wanderten, wurden mit jeder Sekunde deprimierender. Er überlegte angestrengt, welches Kaninchen er für George aus dem Hut zaubern sollte, und warf dabei ab und zu einen Dartpfeil auf die Scheibe an der Wand.

Mrs Hardiman meldete sich über die Sprechanlage.

»Greta?«, fragte er erwartungsvoll.

»Nein, Ihre Verabredung zum Mittagessen hat gerade abgesagt.«

»Mist. Die Alte hat wohl einen Geldscheißer«, murmelte er.

»Ich habe einen neuen Termin am nächsten Mittwoch gemacht. Passt das so?«

»Ja, gut, aber ich hatte eigentlich damit gerechnet, dass mir ihr fettes Portfolio aus der Flaute hilft.«

»Möchten Sie etwas von dem Sandwich-Shop unten zum Mittagessen?«

»Roastbeef auf Vollkornbrot. Mit viel scharfem Senf.«

Worth erledigte einige Anrufe, zielte ein paar Mal auf den Basketballkorb, versuchte sein Glück mit einigen Würfen Dart, tröstete Klienten, die heute Geld verloren, und gratulierte jenen, die Gewinne gemacht hatten. Der Markt schloss, bevor er Georges Aktie einem anderen aufs Auge drücken konnte. Er versprach seinem unglücklichen Klienten, sich am Montagmorgen als allererstes um ihn zu kümmern.

Als das Telefon wieder klingelte, griff er hastig nach dem Hörer.

»Ja?«

»Roastbeef ist aus«, meldete sich Mrs Hardiman.

»Verdammt! Dann lasse ich das Mittagessen eben sausen.«

Sobald er den Hörer auf die Gabel geknallt hatte, fragte er die schwarz lackierten Wände: »Hat dieser Tag nie ein Ende?«

»Hallo. Wo hast du dich denn die ganze Zeit herumgetrieben?«

Der Doktor trat zu ihr in den Fahrstuhl, und Cyns Lebensgeister sanken noch tiefer. Sie war ihm in den letzten Wochen aus dem Weg gegangen. Die meisten Frauen, verheiratet oder nicht, hätten sie für verrückt gehalten, weil sie Dr. Josh Masters mied. Er sah gut aus, war charmant und führte eine der lukrativsten Praxen für Geburtshilfe und Gynäkologie in Dallas. Im letzten Jahr hatte er mehr Babys auf die Welt gebracht als jeder andere Geburtshelfer in der Stadt.

Seine größten Vorzüge jedoch waren sein Singledasein und sein nicht unbeträchtliches Vermögen.

»Hallo, Josh.«

Sie lächelte zu ihm hinauf, trat jedoch vorsichtig einen Schritt zurück. So dicht, wie er sich neben sie gestellt hatte, hätte man glauben können, der Lift sei überfüllt, dabei waren sie ganz allein.

»Bist du mir vorsätzlich aus dem Weg gegangen?«, fragte er und kam damit sofort und ganz direkt zur Sache.

»Ich hatte sehr viel zu tun.«

»Zu viel, um mich zurückzurufen?«

»Wie gesagt«, wiederholte sie leicht gereizt, »ich hatte viel zu tun.«

Sie hätte niemals jemanden mit einem gebrochenen Herzen gekränkt. Aber bei Dr. Masters war das auch nicht der Fall; er litt lediglich an einem verletzten Ego.

Das sich jedoch erstaunlich rasch erholen konnte.

»Wie wär's mit einem Essen heute Abend?«, fragte er sie ohne Umschweife.

Cyn wechselte das Thema, um seiner Frage auszuweichen.

»Hör zu, Josh, hast du dir die Patientin angesehen, die ich zu dir überwiesen habe? Darlene Dawson?«

»Ja, gestern.«

»Danke, dass du sie angenommen hast, obwohl sie nicht bezahlen kann. Ich hätte sie zur freien Klinik geschickt, aber ich fürchte, bei dieser Schwangerschaft könnte es Komplikationen geben.«

»Ihrem Krankenblatt zufolge hatte sie schon zwei Abtreibungen.«

»Richtig.«

Cyn schüttelte traurig den Kopf. Das Mädchen, das bei

ihr Rat gesucht hatte, eine unverheiratete Siebzehnjährige, hatte trotz ihrer jungen Jahre ungewöhnlich viel durchmachen müssen.

»Sie möchte das Kind haben und es zur Adoption freigeben.«

»Und du wolltest, dass sie die bestmögliche Hilfe bekommt.« Er beugte sich vor, so dass sie in der Ecke des Lifts gefangen war wie in einer Falle. »Aber gesunde Babys auf die Welt zu bringen ist nicht das Einzige, was ich gut mache, Cyn.«

An Selbstvertrauen mangelte es Dr. Josh Masters gewiss nicht.

»Ah, wir sind da.« Sobald sich die Tür öffnete, drückte sich Cyn an ihm vorbei.

»Warte noch eine Sekunde.«

Er kam hinter ihr her und zog sie am Arm zur Seite, heraus aus dem Gedränge, das auf dem großen Flur im Erdgeschoss der Frauenklinik herrschte. Cyn kümmerte sich um Frauen, die ungewollt schwanger geworden waren und Beratung brauchten.

Sie hatte ihren Abschluss in Psychologie erst beruflich eingesetzt, nachdem sie Witwe geworden war. Nicht lange nach Beendigung des Colleges hatte sie geheiratet, und dann war bald Brandon zur Welt gekommen. Ein paar Monate nach Tims Tod hatten alle sie gedrängt, die Stelle in der Klinik anzunehmen. Da sie sich nicht genügend qualifiziert fühlte, hatte sie sich nur mit einigem Widerstreben darum bemüht.

Doch die Mitarbeiter der Klinik und die Sozialarbeiter, die Klientinnen zu ihr überwiesen, waren mit Cyns Arbeit überaus zufrieden. Nur sie selbst hielt sich nicht für kompetent genug. Die meisten Fälle, mit denen sie zu tun hatte, deprimierten sie und vermittelten ihr ein Gefühl, nichts zu bewirken.

»Du hast meine Frage nicht beantwortet«, erinnerte Josh sie nun.

»Welche Frage?«

»Wie wär's mit einem Essen heute Abend?« Er warf ihr sein bestes Lächeln zu, dessen ebenmäßiges Weiß er einem guten Zahnarzt zu verdanken hatte.

»Heute Abend? Oh, nein, heute Abend kann ich nicht, Josh. Ich habe heute Morgen in aller Eile das Haus verlassen, ohne eine Minute mit Brandon zu verbringen. Und ich habe ihm versprochen, das heute Abend nachzuholen.«

»Morgen Abend?«

»Was ist morgen? Freitag? Hm, ich weiß nicht, Josh. Lass mich nachdenken. Ich ...«

»Was ist mit dir los?« Er stemmte die Hände in die Hüften und blickte ziemlich wütend auf sie hinab.

»Wie meinst du das?«

»Wir haben uns ein paar Mal getroffen. Alles war fabelhaft, dann hast du plötzlich angefangen, mich hinzuhalten.«

Cyn schüttelte das schulterlange Haar aus ihrem Gesicht. Sein Verhalten ärgerte sie.

»Nein, ich habe nichts dergleichen getan.«

»Dann geh wieder mit mir aus.«

»Ich sagte bereits, ich werde darüber nachdenken.«

»Du hast wochenlang Zeit gehabt, darüber nachzudenken.«

»Und ich habe mich noch nicht entschieden«, konterte sie.

Josh legte zärtlich eine Hand um ihren Arm und änderte seine Taktik.

»Cyn, Cyn, wir sind erwachsene Menschen, oder? Also sollten wir uns auch so benehmen. Wir sollten miteinander ausgehen, miteinander Spaß haben ...«

»Miteinander schlafen?« – Seine Lider senkten sich träge. »Für mich klingt das jedenfalls gut.«

Er sagte es in jenem verführerischen Tonfall, der das Pflegepersonal der Klinik wie auch zahlreiche seiner Patientinnen stets unruhig werden ließ.

Cyn entzog sich seinem Griff.

»Gute Nacht, Josh.«

»Genau das ist es, nicht wahr?«, meinte er und fiel neben ihr in Schritt.

»Der Sex.«

»Was für ein Sex?«

»In unserem Fall eben keiner. Weil du Angst davor hast.«

»Kaum.«

»Du willst ja nicht einmal darüber reden.«

»Ich rede den ganzen Tag über Sex.«

Er blieb auch noch an ihrer Seite, als sie das Gebäude Richtung Parkplatz verließ, und sprach mit leiser Stimme weiter.

»Du kannst darüber reden, aber nicht damit umgehen, wenn es dich persönlich betrifft.«

»Ich sagte gute Nacht.«

»Na, nun komm schon, Cyn.«

Er griff erneut nach ihr, doch sie zuckte zurück.

»Siehst du? Du bekommst schon Angst, wenn ein Mann nur versucht, dich am Arm zu fassen«, rief er ihr nach, während sie zu ihrem Wagen hastete. »Wenn du nichts anbieten willst, dann hör auf, für dich Werbung zu machen!«

Als sie aus dem Parkplatz herausfuhr, hatten ihre Hände endlich aufgehört zu zittern, doch innerlich kochte sie noch immer vor Wut.

Dieser Doktor hatte ein wahrhaft übersteigertes Ego; er war einfach unausstehlich. Wie konnte er es wagen, ihr solche Dinge ins Gesicht zu sagen, nur weil sie ein paar

Mal zum Essen ausgegangen waren und sie anschließend nicht gleich mit ihm ins Bett gehüpft war?

An einer der für ihr ewiges Rot bekannten Ampeln in der Stadt musste sie anhalten. Deprimiert legte sie die Stirn auf die schweißnassen Hände, mit denen sie das Steuer umklammerte.

Vielleicht hatte Josh ja doch recht. Vielleicht hatte sie wirklich Angst vor körperlicher Nähe. Ihr natürliches Verlangen war nicht zusammen mit Tim begraben worden, aber sie hatte auch keine Lust, es mit dem nächstbesten Schürzenjäger zu stillen. Was sollte eine gut aussehende, anständige Witwe mit einem Kind in diesem Zeitalter des Safer Sex mit ihrem Sexualtrieb anstellen, wenn das Objekt ihrer Lust nicht mehr da war?

Eine gute Frage, aber zu schwierig, um sie an diesem Nachmittag zu lösen. Der Tag hatte schlecht angefangen, und von da an war alles nur noch weiter bergab gegangen. Was sie verzweifelt brauchte, um sich besser zu fühlen, war jemand, der ihr einfach zuhörte, ohne zu urteilen.

Zum Ärger der anderen Autofahrer wechselte sie die Fahrspur, als die Ampel endlich auf Grün schaltete, und bog links ab, anstatt geradeaus weiterzufahren.

»Tschüs, und genießen Sie ihr langes Wochenende!«, verabschiedete sich Mrs Hardiman von Worth, als er durch das Vorzimmer eilte.

»Das werde ich. Gehen Sie morgen früher nach Hause, hängen Sie nicht bis um Fünf hier herum. Und starten Sie gut in den Freitag.«

»Danke, mache ich.«

Der Fahrstuhl, der Worth lautlos zur Tiefgarage brachte, war so modern wie das gesamte Gebäude, in dem er sich als Anlageberater etabliert hatte. Auf dem Weg zu seinem Wagen grüßte er einige Standeskollegen, die ebenfalls ihre Büros verließen, darunter eine rehäugige Rechtsanwältin mit Gazellenbeinen. Sie taxierten einander schon seit Monaten.

Worth stellte sich vor, dass sich nächste Woche vielleicht eine gute Gelegenheit ergeben würde, zum Angriff überzugehen. Wenn es darum ging, auf der Pirsch Geschick zu beweisen, konnte er so manchem etwas vormachen.

Wegen des ziemlich sicher scheinenden Erfolges bei der langbeinigen Anwältin ermutigt, stieg er gut gelaunt in seinen Sportwagen. Doch sobald er das unter seinen Scheibenwischer geklemmte Kuvert bemerkte, verschwand sein Lächeln wieder.

Schon beim Anblick der kurzen Nachricht befiel ihn bereits das Gefühl, dass sie nichts Gutes bringen konnte. Und er sollte recht behalten. Seine Flüche hallten von den nackten Betonwänden der Parkgarage wider.

»Großartig!«, brummte er, schwang sich hinter das Lenkrad und startete. »Das ist wirklich super!«

Die Sonne ging unter, als er sein Apartment in einem Hochhaus in Turtle Creek erreichte. Wie er sich vorgenommen hatte, war er zuvor beim Sport gewesen und hatte den Frust des Tages an den Nautilus-Maschinen und bei einem Basketballspiel aus sich herausgeschwitzt.

Als er dem uniformierten Bediensteten seinen Wagen zum Parken übergab, sah er die attraktive Frau an ihr Fahrzeug gelehnt am Randstein stehen. Sie bemerkte ihn ebenfalls und winkte. Er winkte zurück, nahm seine Sporttasche vom Beifahrersitz, gab dem Uniformierten ein Trinkgeld und lief den grasbewachsenen Hang hinunter zu der Straße, an der sie geparkt hatte.

»Ah, was für ein wunderbarer Anblick für meine trüben Augen.« Er umarmte sie herzlich.

Cyn McCall legte den Kopf an seine Schulter und erwiderte seine Umarmung. »Mir geht's genauso.«

# 2

Worth legte seinen Arm um Cyns Schultern. Zusammen gingen sie auf den geschmackvoll gestalteten Eingang des Gebäudes zu.

Sie nickte dem Portier zu, als Worth sie an ihm vorbei und um den Brunnen im Atrium herumschob.

»Ich hatte dich schon fast aufgegeben«, sagte sie.

»Freut mich, dass du es nicht getan hast. Wartest du schon lange?«

»Ungefähr eine Stunde. Hast du unterwegs noch etwas getrunken?«

»Nein, ich war nach dem Büro beim Sport.«

Im Fahrstuhl lehnten sie sich gegenüber und lächelten einander zu. Sie musterte ihn kritisch in seinen Shorts und dem Trägerhemd.

»Beim Sport, ja? Ich hoffe doch, dass du nicht so im Büro von Lansing & McCall herumläufst. Sonst sähe ich mich wirklich gezwungen, dich zu kritisieren.«

»Wenn du nur gekommen bist, um herumzumeckern, dann kannst du gleich wieder fahren. Du wirst es nicht glauben, was ich für einen Tag hinter mir habe.«

»Danke gleichfalls. Ich bin gekommen, um mir ein Glas Wein auszuleihen.«

»Ich glaube, ich kann eines auftreiben.« Mit einem breiten Grinsen bedeutete er ihr, vor ihm den Lift zu verlassen und zu seiner Wohnung auf der zwanzigsten Etage vorauszugehen.

An der Tür drehte sich Cyn zu ihm um.

»Und es wartet auch bestimmt kein Mädchen auf dich,

bis zum Kinn in ein Schaumbad eingetaucht und voll lüsterner Erwartungen?«

»Hältst du mich für so verdorben?« Er gab vor, beleidigt zu sein, öffnete und schob Cyn durch die Tür. »All ihr nackten Nymphen, verschwindet!«, rief er in die leeren Räume hinein. »Mein Gewissen ist gekommen!«

»Gott bewahre! Dein Gewissen zu sein, das wäre ein endloser, undankbarer Job.« Sie ließ ihre Handtasche auf den Tisch am Eingang fallen. »Fast so undankbar wie der, den ich habe.«

»Was höre ich da?« Er hielt sich die Hand ans Ohr. »Einen Ausdruck beruflicher Ernüchterung?«

»Ernüchterung, Selbstmitleid und Verzweiflung.«

Er zog eine seiner gelbbraunen Augenbrauen hoch.

»Ich glaube, das schreit nach zwei Gläsern Wein.«

»Aber nur kleine. Ich muss noch nach Hause fahren.«

»Ich hole den Wein, dann treffen wir uns auf dem Balkon.«

Kurze Zeit später gesellte er sich zu ihr. Sie lehnte am Geländer und blickte auf die Skyline von Downtown Dallas, die einige Meilen entfernt war, aber so nahe wirkte, dass man meinte, sie mit der ausgestreckten Hand berühren zu können.

Die untergehende Sonne auf der rechten Seite wurde von den gläsernen Hochhäusern reflektiert, die für Dallas typisch waren und die Stadt als Hommage an die Architektur des späten zwanzigsten Jahrhunderts berühmt machten. Der Abend war kühl, er ließ den beginnenden Herbst erahnen; der kristallklare Himmel prangte im Osten in einem leidenschaftlichen Violett, während er im Westen in feuriges Zinnoberrot getaucht war.

Dieser spektakuläre Ausblick war nur ein Grund, weshalb Cyn vor einigen Jahren Worth geraten hatte, diese Wohnung zu kaufen. Tim hatte ihm versichert, es sei eine Investition ohne Risiko; sie hatte dabei mehr an die ästhetischen Vorzüge gedacht.

Er reichte ihr ein Glas trockenen kalifornischen Rotwein.

»Immer, wenn ich auf diesem Balkon stehe, denke ich an Tim«, bemerkte sie, als sie es entgegennahm.

»Warum denn das?« Worth setzte sich, zog Schuhe und Socken aus und betrachtete eine Blase an seinem Fußballen, die er sich beim Training geholt hatte.

»Ich denke, weil er dir am Tag deines Einzugs zugeprostet hat, weißt du noch? Wir haben eine Flasche Champagner aufgemacht.«

»Warmen Champagner.«

»Und auf dein Wohlergehen im neuen Heim angestoßen.«

»Du hast es einen Palast der Lüste genannt, kein Heim«, erinnerte er sie und prostete ihr mit seiner Flasche Bier zu. »Und nach dem Schampus habt ihr beide einfach Leine gezogen und mich in meiner Wohnung voller Umzugskisten und Holzwolle sitzen lassen.«

Mit einem spitzbübischen Lächeln ob dieses Gedankens ließ sich Cyn auf einen der gepolsterten Liegestühle sinken, stellte ihr Glas auf dem Tischchen ab und streckte die Arme über den Kopf. Schon bevor Worth zu ihr gestoßen war, hatte sie ihre Kostümjacke abgelegt, die Bluse aus dem Rocksaum herausgezogen und die Schuhe abgestreift.

Sie fühlte sich so entspannt wie seit Tagen nicht mehr.

»Dass wir dich alleingelassen haben«, meinte sie mit einem schwachen Lächeln, »das hättest du eigentlich vergessen sollen.«

»Du scherzt wohl? Ich kann mich sogar noch an eure Entschuldigung erinnern.«

»Nämlich?«

»Du hast Brandon noch gestillt, deshalb musstest du nach Hause.«

»Ein Grund, gegen den man nichts einwenden kann.«

»Bequem«, witzelte er, »und fragwürdig. Du sagtest, du würdest auslaufen, das hat mir natürlich einen wahnsinnigen Schreck eingejagt. Ich hatte Angst, das könnte schlimme Folgen nach sich ziehen.«

»Welche denn zum Beispiel?«

»Wie hätte ich denn das wissen sollen? Ich bin nur ein blöder Junggeselle. Wenn ich an Brustwarzen denke, dann in einem völlig anderen Zusammenhang.«

Cyn nippte kichernd an ihrem Wein.

»Wie läuft das Geschäft?«

»Lausig. Der Markt ist seit drei Wochen rückläufig. Ich fürchte, das wird sich auch in deinem Bericht zeigen.«

»Ich vertraue dir.«

Tims Testamentsbestimmungen sicherten ihr einen Prozentsatz am Nettoeinkommen der Firma zu. Sie bekam jeden Monat einen Bericht und legte die Dividende für Brandon auf ein Bankkonto.

»Ich sollte heute eigentlich mit einer Frau zum Essen gehen, mit deren Portfolio ich gerechnet hatte«, erzählte er ihr.

»Eine Frau, ja?« – »Eine ältere Dame, Cyn.«

»So um die Fünfunddreißig?«, fragte sie in einem unschuldigen Ton.

»Nein, eher um die Fünfundachtzig. Wir hatten eine Verabredung in einem Café in Highland Park. Du weißt schon, wo die Gäste alle blaustichige Haare haben und weiße Handschuhe tragen.«

»Die Männer auch?«

»Jedenfalls«, fuhr Worth mit einem Stirnrunzeln wegen ihrer abgedroschenen Scherze fort, »hat sie angerufen und den Termin verschoben.«

»Das tut mir leid.« – »So viel zu meinen Problemen, und wie sieht's bei dir aus?« Er stützte die Ellbogen auf die Knie und beugte sich vor. »Was ist los?«

»Ich habe keinen Wein mehr.«

Mit einem leicht verärgerten Murren verschwand er mit ihrem Glas im Wohnzimmer, wo ein Timer inzwischen automatisch einige Lampen eingeschaltet hatte. Durch die Glaswand beobachtete Cyn ihn, wie er ihr nachschenkte – es war ein teurer Jahrgangswein.

Worth legte Wert auf Qualität, denn er kannte es nicht anders. Er war als einziges Kind reicher Eltern aufgewachsen. Nach ihrem Tod hatte er ein ansehnliches Vermögen geerbt.

Für ihn war das Unternehmen Lansing & McCall eine Herausforderung, Erfolg zu haben, nicht ein Mittel zum Zweck des Lebensunterhalts.

Seine Wohnung war modern, stilvoll eingerichtet und makellos. Einmal hatte er einer Frau den Laufpass gegeben, weil sie das Einwickelpapier ihrer Pfefferminzdragees in einen Aschenbecher geworfen hatte. Eine lächerliche Angelegenheit, dachte Cyn, denn er rauchte nicht und erlaubte das in seiner Wohnung auch niemandem, sodass die Aschenbecher immer leer waren.

Worth war pingelig mit seiner Wohnung, seiner Kleidung und vor allem seinen Frauen. An jeder Frau, mit der er ausging, hatte er etwas auszusetzen. Zu groß. Zu klein. Zu dünn. Zu dick. Zu laut. Zu ruhig. Zu ehrgeizig. Zu faul. Zu hübsch. Zu dumm. Zu süß. Zu hässlich. Weil er ihnen allen schon nach kurzer Zeit den Laufpass gab, hatte ihm Tim einmal die Hölle heißgemacht, allerdings auf die liebevoll-kameradschaftliche Art, die sich nur ein verheirateter bester Freund erlauben durfte.

»Okay, hier ist dein Wein«, sagte Worth und reichte Cyn ihr Glas, als er wieder auf dem Balkon erschien,

»und ich habe ein neues Bier. Also, was gibt's? Warum das lange Gesicht?«

»Ich weiß nicht, Worth.«

»Na, komm schon.«

»Nein, wirklich. Ich weiß es nicht.«

»Macht mein Patensohn Schwierigkeiten?«

»Nein, von ein paar seltsamen Essgewohnheiten abgesehen ist er ...«

»Seltsame Essgewohnheiten?«

»Er drapiert seine Rosinen ...« Sie kämmte sich mit den Fingern durch das Haar, dem die untergehende Sonne die Farbe von schmelzendem Karamell verlieh. »Vergiss das einfach. Brandon ist nicht das Problem. Er ist so ziemlich das Einzige, was mir noch Freude macht.«

»Probleme mit Ladonia? Kann ich mir nicht vorstellen. Ich würde diese Frau auf der Stelle heiraten, wenn sie mich nur haben wollte.«

»Worth Lansing, du bist ein unverschämter Lügner. Du hast absolut kein Interesse für eine Frau, deren IQ größer ist als ihr Brustumfang.«

»Das ist schon der zweite Seitenhieb, den du mir heute verpasst. Hör auf damit, wenn du nicht willst, dass ich ekelhaft werde.«

»Tu dir keinen Zwang an. Das halte ich aus.«

»Okay, aber vergiss nicht, du hast es so gewollt«, warnte er sie. »Wenn du mit deiner Mutter nicht klarkommst, würde ich darauf tippen, dass das deine Schuld ist. Diese Frau ist eine Heilige.«

»Ich gestehe gern ein, dass für unsere Geplänkel größtenteils ich die Schuld trage«, erwiderte Cyn müde. »Es war meine Idee, dass sie nach dem Tod meines Vaters bei Brandon und mir einzog, und ich bedauere es nicht, sie darum gebeten zu haben. Dadurch kann Brandon zu Hause bleiben und muss nicht in eine Kindertagesstätte.

Zusammen haben wir zwei Witwen es geschafft, die Einsamkeit in Grenzen zu halten. Ich denke, ich habe sie in den anderthalb Jahren, seit Dad von uns gegangen ist, ebenso sehr unterstützen können wie sie mich, als ich Tim verlor.«

»Zweifellos.«

»Aber sie drangsaliert mich, Worth.«

»Womit?«

»Sie nervt mich damit, dass ich ausgehen und nicht immer nur arbeiten soll.«

»Womit sie recht hat.«

»Fang du jetzt nicht auch noch damit an!«

Worth stellte seine Bierflasche auf den Tisch, zog Cyn an einer Hand in die Sitzposition hoch und zwängte sich dann mit breit gespreizten Beinen hinter sie auf den Liegestuhl.

»Nimm deine Haare hoch.« Er fasste sie in einer Faust zusammen und hielt sie vom Nacken ab. »Wenn jemals jemand eine Schultermassage gebraucht hat, dann du.«

»Hmm, danke«, murmelte sie, als seine starken Finger begannen, ihre verspannten Muskeln zu kneten.

»Also, Cyn …«

»Oh, oh. Immer, wenn du einen Satz so anfängst, kommt etwas, das ich nicht hören will.«

»Ich sage dir das nur, weil ich weiß, dass Tim es so möchte.«

»Hab ich's doch gewusst, dass diese Massage einen Haken hat.«

»Halt den Mund und hör mir zu. Ich bin schließlich dein bester Freund. Und du bist ganz offensichtlich gekommen, um dir Rat zu holen, und den bekommst du jetzt.« Bevor er damit begann, atmete er noch einmal tief durch.

»Ladonia hat recht. Du brauchst etwas außerhalb deiner Arbeit, wofür du dich interessierst. Ich weiß, wie sehr du Tim geliebt hast. Ich habe ihn auch geliebt. Er war der beste Freund und Geschäftspartner, den man sich vorstellen kann. Die Lücke, die er hinterlassen hat, lässt sich niemals füllen.«

Er bearbeitete ihren Nacken.

»Es wäre dir nie in den Sinn gekommen, dass er eines Tages auf dem Weg von der Arbeit nach Hause durch einen Unfall ums Leben kommen könnte. Du hast das unglaublich schwer genommen. Und wer hätte dir das verübeln können?

Aber Cyn, meine Liebe«, flüsterte er ihr direkt ins Ohr, »das ist schon zwei Jahre her. Du bist noch nicht einmal dreißig. Du musst weiterleben.«

»Das weiß ich, Worth. Ich werde zwar immer einen kleinen Schmerz im Herzen empfinden, wenn ich daran denke, was war und was nie mehr sein wird, aber damit, was mit Tim passiert ist, habe ich mich abgefunden. Es ist mein Leben, das mich unsicher macht und mit dem ich unzufrieden bin.«

»Ich dachte, deine Arbeit gefällt dir. Zudem hat dich Tim finanziell so gut abgesichert, dass du überhaupt nicht arbeiten müsstest. Hast du nicht einmal davon gesprochen, dass du deine Beratungstätigkeit als eine Art Dienst am Nächsten betrachtest?«

»Sie kommt mir so nutzlos vor.«

»Wie kannst du das sagen? Frauen in Schwierigkeiten kommen zu dir, und du gibst ihnen Rat und Hilfe.«

»Tue ich das? Gestern war eine bei mir, die zum dritten Mal schwanger ist. Zum dritten Mal – und sie ist erst siebzehn!«, rief sie. »Sie hat nicht einen von all den Ratschlägen befolgt, die ich ihr in letzter Zeit gegeben habe. Sie könnte die Pille umsonst bekommen, aber sie macht von dieser Möglichkeit keinen Gebrauch. Ich könnte ebenso gut an eine Wand reden.«

»Du kannst nicht dir die Schuld für ihr Tun geben. Dein Rat war in Ordnung, ob sie sich nun dafür entschieden hat, ihn zu akzeptieren oder nicht.«

»Vom Kopf her weiß ich das, aber es entmutigt mich eben. Eine andere, eine Fünfzehnjährige, hat sich kürzlich für die Adoption entschieden, aber jetzt hat sie Angst, schwanger zur Schule zu gehen, weil sie Cheerleader ist. Sie würde lieber die Schule abbrechen, als unbeliebt zu sein. Wieder eine andere hat heute fast eine Stunde lang geheult, weil sie Angst hat, dass ihr Vater sie hinauswirft, wenn er erfährt, dass sie schwanger ist, aber sie will ihr Kind behalten. Und das sind jetzt nur die Fälle, die mir sofort in den Sinn kommen. Ich könnte die Liste problemlos fortsetzen.

Und was tue ich für all diese Mädchen? Ich sitze hinter meinem sicheren Schreibtisch, verteile Papiertaschentücher und Plattitüden und erzähle ihnen, dass ich ihre Probleme verstehe, was nie und nimmer der Wahrheit entspricht, weil ich nämlich das Glück hatte, dass ich selbst solchen Problemen nie ins Gesicht sehen musste. Ich komme mir so verlogen vor.«

»So kommst du dir vor, weil du es eben nicht bist.«

Sie blickte ihn über die Schulter an.

»Wie soll ich denn das verstehen?«

»Das werde ich dir sagen. Wenn du dir ihre Probleme nicht zu Herzen nähmst, dann wärst du wie eine dieser gewissenlosen Wahrsagerinnen, die für ein paar Cents das Glück verkaufen. Du würdest ihnen etwas erzählen, damit sie sich kurzzeitig besser fühlen, und sie dann weiterschicken.«

»Wirklich?«

»Wirklich.«

Er hauchte einen Kuss auf ihren Nacken und begann, mit den Daumen an ihrer Wirbelsäule abwärts zu massieren.

»Arbeit mag die Entschuldigung sein, die du für deine Niedergeschlagenheit anführst, aber ich wage zu behaupten, dass das nicht das wahre Problem ist.«

»Heißt das, wir sind wieder beim Ausgehen und Leute treffen?«

»Genau.«

»Zeit für mich, nach Hause zu fahren.«

»Unter keinen Umständen.« Er fasste sie an den Schultern und drückte sie an seine Brust. »Wie ist dein Liebesleben?«

»Sensationell.«

»Freut mich zu hören.«

Sie lehnte lachend den Kopf an seine Brust, die breit, behaart und nur zum Teil von seinem Trägerhemd bedeckt war.

»Du wirst es nicht glauben, aber ich habe tatsächlich einen Verehrer.«

»Und ob ich das glaube. Wer ist der Glückliche?«

»Ich habe ihn in der Klinik kennengelernt. Ein Gynäkologe.«

»Kein Scherz? Das will ich werden, wenn ich einmal groß bin.«

Sie stieß ihm leicht einen Ellbogen in den Bauch.

»Perverser Lüstling!«

Worth stöhnte gekünstelt.

»Erzähl mir von ihm.«

»Er sieht gut aus, ist charmant und reich. Ein richtiger Ladykiller.«

»Hmm. Ich bin beeindruckt. Wie lange trefft ihr euch schon?«

»Wir waren ein paar Mal zusammen essen. In letzter Zeit allerdings nicht mehr.«

»Wieso nicht?« – »Weil er gut aussieht, charmant und reich ist.« – »Und wer drückt sich hier nun unverständlich aus?«

»Was will wohl ein gut aussehender, charmanter, reicher Gynäkologe von mir?«, fragte sie zurück.

»Wenn sich ohnehin Scharen von Weibern darum reißen, bei ihm zum Zug zu kommen.«

»Du bist schrecklich!« Sie stand auf und stellte sich vor ihn.

»Ich habe doch nur ausgesprochen, was du denkst.«

Er tat sein Bestes, unschuldig dreinzublicken, konnte jedoch ein schelmisches Grinsen um die Mundwinkel nicht verhindern. Seine funkelnden blauen Augen waren die eines Betrügers, der drängte: »Vertrau mir.«

»Du hast recht«, räumte sie gequält ein. »Genau das habe ich gedacht. Er macht mir nur deshalb den Hof, weil ich eine von den Wenigen bin, die er noch nicht gehabt hat.«

»Also, wenn du ihn magst, dann lass ihn dich haben.«

Er nahm die entspannte Stellung ein, die sie zuvor gehabt hatte, lehnte sich in dem Liegestuhl zurück und streckte die Arme über den Kopf.

»Du meinst ...«

»Klar. Ist doch ganz einfach.«

»Das kann ich nicht, Worth.«

Sie sagte es leise und ernst und wandte sich wieder der Skyline zu, die nun in voller Beleuchtung vor dem dunklen Himmel erstrahlte.

»Es kommt mir so kalkuliert und klinisch vor, mit einem Mann ins Bett zu gehen, der mir praktisch fremd ist – nur um Sex zu haben. Der einzige Mann, mit dem ich je zusammen war, ist Tim.«

»Ich weiß.«

Sie drehte sich um und blickte Worth forschend an.

»Weißt du noch«, sagte er, »als die Aids-Angst um sich

griff, hast du mich vor One-Night-Stands gewarnt. Du sagtest, ich solle mir ein nettes Mädchen suchen und mit den sexuellen Abenteuern aufhören.

Ich hielt dagegen, es würde keine netten Mädchen mehr geben. Darauf sagtest du, als du Tim geheiratet hast, wärst du ein nettes Mädchen gewesen. Ich bin mir ziemlich sicher, dass es seit Tim bei dir niemanden gegeben hat, deshalb dachte ich ...«

Er zuckte beredt die Achseln.

Sie starrte auf ihre bestrumpften Füße.

»Josh meint, ich hätte Angst vor Sex.«

»Josh?«

»Der Arzt. Er meinte, ich könne zwar mit den Mädchen, die ich berate, über Sex sprechen, aber bezüglich meiner eigenen Sexualität sei ich unsicher.«

»Er muss seine Technik verbessern. Nicht gerade sehr taktvoll, dieser Herr, was?«

»Ich umschreibe.«

»Und, wie ist es? Hat er recht?«

Eine Spur Trotz funkelte in ihren grünen Augen.

»Ich habe nicht weniger Lust als jede andere Frau.«

»Gratuliere. Sag dem Doktor, dass er falsch liegt. Noch besser, beweise es ihm.«

»Das kann ich nicht, Worth«, erwiderte sie und sackte in sich zusammen. »Und deshalb denke ich, es ist vielleicht ein Körnchen Wahrheit in dem, was er sagt. Ich würde mich bei so einem Treffen nicht wohlfühlen, wenn von vornherein feststünde, was am Ende dabei herauskommt. Meine sexuellen Vorstellungen mögen total veraltet sein, aber ich bin mir einfach zu gut dazu, um mich zu lediglich einer weiteren Kerbe am Bettpfosten eines solchen Egomanen zu machen.«

»Wie wäre es, wenn du mal mit ein paar Kerben an deinem eigenen Bettpfosten anfangen würdest?«

»Hast du mir nicht zugehört, Worth? Mein Problem hat nicht ausschließlich mit sexuellem Entzug zu tun. Diese Depression wird nicht in dem Moment aufhören, wenn ich mit jemandem ins Bett gehe. Es spielt mehr dabei mit. Es ist ...«

»Was?«

»Ich weiß nicht«, antwortete sie bedrückt. »Vielleicht ist es die Routine. Als Tim ums Leben kam, riet man mir, ich solle ein neues Leben beginnen. Ich brauche Veränderung, Ablenkung, ein wenig Spontaneität. Diesen Morgen sagte ich zu Mutter, ich wünschte, es würde irgendetwas Ungewöhnliches geschehen, etwas, das ...«

Sie unterbrach sich, weil er plötzlich vom Liegestuhl aufsprang.

»Worth? Wo gehst du hin?«

»Ich hatte gerade eine verrückte Idee!«, rief er ihr über die Schulter zu, während er ins Haus stürmte.

Neugierig folgte sie ihm. Ihre Füße sanken in den Schaffellteppich, der auf dem harten Holzboden wirkte wie eine Insel aus elfenbeinfarbenem Plüsch.

Worth öffnete den Reißverschluss seiner Sporttasche und holte sein Anzugjackett heraus. Er durchwühlte die Taschen, bis er gefunden hatte, wonach er suchte, dann trat er zu Cyn und zeigte ihr einen zerknitterten Briefumschlag.

»Die Medizin für alle deine Leiden befindet sich in diesem Kuvert, kleine Lady.«

Er reichte es ihr. Mit einem Blick, der eindeutig besagte, dass er ihrer Meinung nach die Grenze zwischen Normalität und Verrücktheit überschritten hatte, zog sie ein Stück rosafarbenes Briefpapier heraus.

»Darling Worth«, las sie laut, »es tut mir so leid, dass ich nicht mitkommen kann. Es hat einen nicht vorhersehbaren Zwischenfall gegeben. Werde dir nächste Woche alles erklären. Liebe und Küsse, Greta. P.S.: Das letzte Wochenende war fabelhaft! Ich schaudere jedes Mal vor Ekstase, wenn ich daran denke, …«

Er riss ihr das Papier aus der Hand und zerknüllte es. »Das nicht.«

»Aber der beste Teil fing doch gerade erst an.«

»Würdest du dir bitte die anderen Sachen ansehen?«, forderte er sie barsch auf.

Auf dem Umschlag war der Briefkopf eines Reisebüros aufgedruckt. In ihm befanden sich noch zwei Rückflugtickets nach Acapulco, Mexiko. Cyn blickte ihn verwirrt an.

»Was ist damit?«

»Junge, Junge, bist du aber begriffsstutzig. Schau dir das Datum an.«

»Das ist heute.«

»Richtig. Abflug zweiundzwanzig Uhr.«

Er drückte ihre Schultern und verkündete ihr mit einem breiten Grinsen: »Und wir beide werden fliegen.«

# 3

»Fliegen?« stammelte sie. »Du meinst ich? Wir beide? Zusammen?«

»Du. Wir. Zusammen. Du und ich, wir verreisen über ein langes Wochenende, das wir beide dringend nötig haben.«

»Bist du verrückt geworden?«

»Fast. Genau deshalb brauche ich das so dringend.«

»Und was ist mit Gretchen?«

»Greta. Wie du gelesen hast, ist ihr in letzter Minute etwas dazwischengekommen, sie kann nicht mitfliegen. Ich habe das erst erfahren, als ich das Büro verließ. Ich war wütend, dachte, das Wochenende würde ein totaler Reinfall werden.« Ein neuerliches Grinsen erschien auf seinem Gesicht. »Aber dann kamst du und hast es gerettet.«

Er ergriff Cyns Hand und zog sie quer durch den Raum zum Telefon.

»Ruf Ladonia an und bitte sie, schon mal mit dem Packen deines Koffers anzufangen.« Er warf einen Blick auf seine Uhr. »Wir müssen auf dem Weg zum Flughafen bei euch vorbeifahren. Die Bordkarten haben wir schon, also brauchen wir uns nicht mehr anzustellen, sondern können direkt zum Flugsteig gehen. Ich glaube nicht, dass es zeitlich schwierig wird, wenn wir sofort loslegen.«

Er machte eine Pause, um Atem zu schöpfen.

»Los, ruf an!«

Anscheinend hatte er nicht bemerkt, dass sie den Telefonhörer in der Hand hielt, den er ihr aufgedrängt hatte, und ihn mit offenem Mund anstarrte anstatt zu wählen.

»Worth, bist du wahnsinnig? Ich kann doch nicht einfach dieses Wochenende nach Acapulco fliegen!«

»Wieso nicht?«

»Aus einer Million von Gründen.«

»Nenne mir einen.«

»Arbeit.«

»Einen Tag lang können sie auch ohne dich auskommen. Ladonia ruft morgen an und sagt, du seist krank, und am Montag bist du wieder zurück.«

»Was soll ich ihr denn sagen?«

»Wem – Ladonia?« Er zuckte sichtlich verwirrt die Achseln. »Du sagst ihr, du fliegst mit mir nach Acapulco.«

»Das kann ich nicht!«

»Warum nicht?«

Unverkennbar über seine Begriffsstutzigkeit verärgert, knallte sie den Telefonhörer wieder auf die Gabel.

»Sie ist meine Mutter! Sie wird glauben …«

»Was?«

Cyn sog die Wangen ein.

»Du magst ja daran gewöhnt sein, für einen Kurzurlaub spontan an einen exotischen Ort zu düsen, aber ich bin das nicht. Und meine Mutter kennt es nicht von mir, dass ich etwas derart Unverantwortliches tue.«

»Hör mal, Cyn, du würdest mir damit einen Gefallen tun.«

»Einen Gefallen?«, fragte sie skeptisch.

»Die Tickets waren ein Geschenk von Greta. Ein Sonderangebot, das man sich nicht rückerstatten lassen kann. Sie sind auch nur heute gültig, mit Rückflug am Sonntagabend. Ich muss sie verwenden, oder das Geld ist futsch, und das wäre doch jammerschade. Würde dir das keinen Gewissenskonflikt bereiten?«

Sie richtete drohend ihren Zeigefinger auf ihn.

»Wenn du dermaßen entwaffnend lächelst, Worth

Lansing, dann kann man darauf wetten, dass du nichts Gutes im Schilde führst.«

»Wenn du mir nicht glaubst, dann sieh doch selbst nach.«

Er gab ihr die Flugkarten. Sie las die kleingedruckten Reisebestimmungen durch; sie bestätigten, was er gesagt hatte.

»Ich bin sicher, du hast eine ganze Liste junger süßer Dinger, die nur zu gern mit dir ein Wochenende in Acapulco verbringen würden.«

»Sicher«, erwiderte er freimütig, »aber nicht, wenn ich es ihnen erst zwei Stunden vor Abflug sage, und nicht mit den Tickets einer anderen Frau. Außerdem, Cyn – und das zu glauben wird dir schwerfallen – ich freue mich, dass du mitkommst, denn bei dir brauche ich keine Rolle zu spielen.«

»Welche Rolle denn?«

»Die des charmanten Prinzen.«

»Du meinst wohl Don Juan.«

»Egal. Bei dir kann ich ich selbst sein. Keine Spielchen, keine Tricks, nichts Gekünsteltes. Ich kann mich erholen und einfach nur so sein, wie ich bin.« Um diesen Punkt zu betonen, drückte er nochmals ihre Schultern. »Das ist es, was ich dieses Wochenende brauche, totale und komplette Entspannung.«

»Warum willst du dir dann zusätzlichen Ballast mitnehmen? Verwende das eine Ticket und lass das andere verfallen.«

»Aber wenn man am Strand ganz allein ist, das ist doch nicht schön«, jammerte er. »Wer spielt Frisbee mit mir? Wer reibt meinen Rücken mit Sonnenöl ein?«

»Da findest du bestimmt eine, die dir dabei hilft«, entgegnete sie lächelnd.

»Aber ich will keine Energie verschwenden.« Er griff

erneut zum Hörer, und dieses Mal tippte er die Nummer selbst ein. »Na komm, tu wenigstens diese eine Mal etwas, was eine Witwe sonst nicht tut, etwas ganz Spontanes.«

Er hielt den Hörer ans Ohr.

»Ladonia, Königin meines Herzens«, begann er, »wie geht es dir, meine Liebe? ... Ja, ich habe dich auch vermisst, aber ich hatte in letzter Zeit eine Unmenge Arbeit. Wie geht es deinen Chrysanthemen? Als wir uns das letzte Mal sprachen, haben sie nicht geblüht. ... Gut, gut. Ich komme bald einmal wieder vorbei und sehe sie mir an. Warte noch einen Moment, Süße. Cyn ist hier, sie muss mit dir reden.«

Cyn schüttelte energisch den Kopf und formte mit den Lippen ein »Nein!«, doch er ignorierte es und hielt ihr den Hörer hin, das Mikrofon abgedeckt.

»Worth, das ist völlig verrückt!«

»Genau deshalb solltest du es tun. Spontaneität, erinnerst du dich?«

Mit einem wütenden Blick auf seine selbstgefällige Miene nahm sie ihm den Hörer ab.

»Hallo, Mutter. Hast du die Nachricht gehört, die ich auf dem Anrufbeantworter hinterlassen habe? ... Gut, ich wollte nicht, dass du mit dem Essen auf mich wartest. ... Nein, es ist alles in Ordnung. Ich bin nur kurz zu Worth gefahren, um hallo zu sagen, und – na ja, jetzt kommt er mit dieser verrückten Idee daher, dass ich über das Wochenende mit ihm nach Acapulco fliegen soll.«

In Vorbereitung auf die launische Reaktion ihrer Mutter biss sie sich auf die Unterlippe und hielt den Atem an. Als sie jedoch hörte, was Ladonia sagte, blickte sie konsterniert auf Worth.

»Du meinst, ich soll? Also ich nicht. Ich halte das für eine lächerliche Idee.«

»Sie ist gescheiter als du«, kommentierte Worth, beugte sich zu Cyn und tippte sich mit dem Finger an die Schläfe.

»Was ist mit der Arbeit? … Ja, ich denke, du könntest mich telefonisch krankmelden.«

Cyn brachte einen Einwand nach dem anderen vor, doch ihre Mutter ließ keinen gelten. Worth signalisierte ihr, er werde in sein Schlafzimmer gehen, um zu packen. Als sie auflegte, kam er zurück, reisefertig, in leichter Freizeitkleidung und mit einer Reisetasche in der Hand.

»Sie hält das für eine großartige Idee, habe ich recht?«

Cyn wirkte beunruhigt.

»Worth, ich weiß noch immer nicht, was das soll. Es kommt mir einfach nicht richtig vor. Was sollen die Leute denken?«

»Welche Leute denn?«

»Na, alle, die es erfahren.«

Er warf ihr den lüsternsten Blick zu, zu dem er fähig war.

»Du meinst, weil du eine attraktive Witwe bist und ich für meine Frauenbekanntschaften berüchtigt bin?«

»Genau. Zumindest hast du diesen Ruf. Ich sollte nicht mit so einem begehrten Junggesellen verreisen.«

»Für dich bin ich kein ›begehrter Junggeselle‹. Sondern einfach nur Worth.«

»Aber das wissen die anderen nicht.«

»Na und, wen kümmert das?«

»Mich.«

Er stieß einen langen, ungeduldigen Seufzer aus.

»Wer wird denn schon davon erfahren? Wenn dich jemand fragt, dann sagst du einfach, du warst mit deinem besten Freund in Acapulco, was zufällig der Wahrheit entspricht. Wir üben keine sexuelle Anziehungskraft aufeinander aus. Du würdest dich sicher nicht so sperren, wenn ich eine Frau wäre, oder?« – »Natürlich nicht.«

»Nun, das ist aber ganz dasselbe.« – Sie blickte ihn völlig unvoreingenommen an und murmelte dann: »Nicht ganz.«

Denn auch wenn er ihr bester Freund war, so war er doch ein Mann, noch dazu einer, der umwerfend gut aussah.

Sie bezweifelte, dass jemand glauben würde, für eine Witwe unter fünfundsiebzig könne es sicher und vernünftig sein, mit Worth zu verreisen.

»Wir müssen uns beeilen. Es ist schon nach acht.«

Während ihres Gesprächs hatte er bereits begonnen, die Wohnung zu sichern. Nun musste er nur noch beim Hinausgehen die Alarmanlage einschalten.

Als er an ihr vorbeieilte, fasste sie seinen Arm.

»Es ist zu spät. Flieg ohne mich. Ich habe keine Zeit mehr, um zu packen.«

»Ich nehme nur das hier mit«, erwiderte er und hielt sein Handgepäck hoch. »Wir können alles, was wir nicht dabeihaben, dort kaufen, das macht sicher eine Menge Spaß. Und jetzt keinen Widerspruch mehr. *Vámonos*.« Er gab ihr einen Klaps auf den Po und drängte sie zur Tür.

Nach einem kurzen Zwischenstopp in Cyns Haus, wo sie die Tasche in Empfang nahm, die Ladonia für sie gepackt hatte, beeilten sie sich, zum Flughafen zu kommen. Cyn hatte kaum Zeit gehabt, ihr Kostüm gegen Shorts aus Rohseide und eine dazu passende Bluse auszutauschen.

Ladonia chauffierte sie, damit sie keinen Stress mit Parken hatten und nicht mit dem Bus zum Terminal fahren mussten. Während sie darauf warteten, dass ihr Flug aufgerufen wurde, versprach Cyns Mutter, sie am Sonntagabend auch abzuholen.

»Brandon, ist mit dir alles in Ordnung?« Cyn ging in die Hocke und legte eine Hand auf die Stirn ihres Sohnes.

»Er hat ganz rote Bäckchen. Ich glaube, er bekommt Fieber.«

»Er bekommt kein Fieber«, erklärte Worth und zog sie wieder hoch. »Er hat höchstens ein wenig Temperatur, weil er sich so sehr über seine neue Pistole freut, was, Freundchen?« Er versetzte Brandon einen freundschaftlichen Rempler.

Brandon hantierte mit seinem Spielzeugrevolver, drehte ihn am Finger wie ein Cowboy, steckte ihn ins Halfter und zog ihn blitzschnell wieder heraus und strahlte zu seinem nachsichtigen Paten auf.

»Der ist wirklich super, Worth!«

»Und viel zu teuer«, tadelte Cyn. »Du hättest doch wissen müssen, welch überhöhte Preise sie in diesen Geschenkläden im Flughafen verlangen.«

»Wenn Worth Brandon ein Geschenk kaufen will, dann solltest du ihn nicht dafür beschimpfen«, meinte Ladonia.

Worth umarmte sie herzlich und gab ihr einen lauten Schmatz auf die Wange.

»Ich liebe diese Frau!«, erklärte er.

Ladonia sonnte sich in seiner liebevollen Aufmerksamkeit.

»Ich nehme an, das neue Spielzeug wird Brandon während meiner Abwesenheit beschäftigen.« Cyn hatte gar nicht beabsichtigt, dass die anderen mitbekamen, was sie sagte, doch Ladonia hörte es.

»Mach dir um Brandon keine Sorgen. Ich werde so viel mit ihm unternehmen, er wird gar nicht mitbekommen, dass du weg bist. Lass es dir einfach gut gehen.«

»Seit Tims Tod war ich noch nie über Nacht von ihm weg.« Cyns Miene verriet Schuldgefühl und Sorge, wie es für eine Mutter typisch war.

»Diese kurze Trennung wird euch beiden guttun.«

»Aber was, wenn er anfängt zu glauben, ich komme nicht mehr zurück?«

Worth legte einen Arm um sie. »Wirst du jetzt mal vernünftig? Sieht er vielleicht aus, als würde er sich Sorgen machen?«

Brandon schien nicht nur völlig unbeeindruckt davon zu sein, dass seine Mutter verreiste, sondern er amüsierte sich geradezu köstlich damit, aus der Deckung einer der Bänke in der Wartehalle seine Pistole auf jeden Passanten zu richten.

»Am besten setzt du sie gleich ins Flugzeug, sonst kneift sie am Ende doch noch«, riet Ladonia Worth, denn soeben wurde durchgegeben, dass die Maschine zum Einstieg bereit sei.

»Das dachte ich auch gerade.«

Mit Tränen in den Augen küsste Cyn ihren Sohn zum Abschied. Brandon passte es lediglich nicht, dass sie ihn in aller Öffentlichkeit mit Zärtlichkeiten überschütten wollte; er befreite sich aus ihrer Umarmung, lange bevor sie bereit war, ihn loszulassen. Ihre Augen waren immer noch feucht, als Worth längst das Handgepäck in der Maschine verstaut und neben ihr Platz genommen hatte.

»Tränen nicht gestattet«, sagte er mit gespieltem Ernst.

»Versprochen.« Sie lächelte ihm aus glasigen Augen zu.

»Hast du dich angeschnallt?«

»Alles in Ordnung, aber ich sollte wirklich zum Hirnklempner gehen, wenn ich deine Sprüche weiterhin einfach hinnehme. Ich werde mir natürlich das ganze Wochenende wegen Brandon Sorgen machen.«

Während des Starts imitierte Worth gekonnt Groucho Marx, indem er eine imaginäre Zigarre schwenkte und mit den Augenbrauen zuckte.

»Sie waren noch nie übers Wochenende mit mir weg, Süße.«

»Hör bloß auf, dich über mich lustig zu machen. Ich habe versprochen, nicht zu weinen, aber von Melancholie habe ich nichts gesagt.«

Um sie zu überraschen, kniff er sie leicht ins Knie.

»Ah, nicht! Das kitzelt!«

»Ich weiß. Du warst schon immer kitzlig an den Knien.«

»Ach, lass das. Ah!« Als er sie noch einmal kniff, fuhr sie aus ihrem Sitz hoch. »Ich meine es ernst, hör auf damit!«

Sie schlug ihm auf die Hand, musste aber lachen.

Worth legte die Arme um sie und liebkoste ihren Nacken.

»Am Montag wirst du mir dankbar sein«, flüsterte er ihr ins Ohr. »Wir werden eine wunderschöne Zeit miteinander verbringen, du wirst schon sehen.«

»Auf dem Weg in die Flitterwochen?«

Worth hob den Kopf, ohne Cyn aus seiner Umarmung zu entlassen. Sie blickten beide zu der Flugbegleiterin auf, die die Frage gestellt hatte.

»Sind Sie auf dem Weg in die Flitterwochen?«, wiederholte sie. »Wir haben auf diesem Spätflug immer viele Flitterwöchner an Bord.«

»Äh – nein«, antwortete Worth.

Die Flugbegleiterin blickte auf Cyns Ehering, den sie nach wie vor trug.

»Ah«, sagte sie mit einem wohlmeinenden Lächeln, »Sie sind schon länger verheiratet, aber immer noch verliebt.«

»Wir, also ...« Cyn wusste nicht weiter. »Wir sind nicht verheiratet.«

»Sie war die Frau meines besten Freundes.«

Die Lippen der Flugbegleiterin formten ein großes O.

»Oh, ich verstehe.«

Sobald sie weitergegangen war, brachen die beiden in schallendes Gelächter aus.

»Die vergeuden hier kein Licht für Straßenbeleuchtung, oder?«

Cyn drückte sich an Worth, während der Taxifahrer mit einer Geschwindigkeit eine Haarnadelkurve nahm, die sogar einen Nichtkatholiken zum Rosenkranz hätte greifen lassen. Was sie durch die schmutzigen Fenster der Klapperkiste an Landschaft erkennen konnte, ließ darauf schließen, dass die Straße auf einer Seite von einer Felswand begrenzt wurde und auf der anderen von dünner Luft.

»Sei froh«, sagte Worth und brachte seinen Ellbogen wieder zwischen ihren Brüsten in Position. »Wenn du hinaussehen könntest, würdest du wirklich Angst kriegen.«

Das Auto schaukelte wild; Cyn packte Worth reflexartig am Schenkel und klammerte sich fest, als ginge es um ihr Leben.

»Warst du hier schon einmal?«

»Einmal. Aber das ist lange her. Damals waren wir noch Studenten.«

»Wir? Du meinst, Tim und du?«

»Ja.«

»Er hat mir nie erzählt, dass er mit dir in Mexiko war.«

»Richtig. Ich musste ihm versprechen, dass ich es dir gegenüber nie erwähnen würde.«

»Wieso?« Sein Grinsen ließ sie argwöhnisch werden. »Was habt ihr angestellt?«

»Jungs sind nun mal Jungs.«

Das ratternde Taxi hatte sie zusammen mit sechs anderen Passagieren am Flughafen abgeholt. Samt Gepäck waren sie in den staubigen Fahrgastraum des uralten Kombis hineingepfercht worden. Aus dem Radio schepperte laute Mariachi-Musik. Bitten, die Lautstärke zu verringern, ignorierte der Fahrer großzügig, denn sobald der

Fahrpreis ausgehandelt und bezahlt worden war, hatte er sein Englisch schlicht und ergreifend vergessen.

»Kommst du dir auch vor wie in einem Werbespot für ein Deo?«, fragte Worth.

Die junge Frau an seiner anderen Seite kicherte. Sie und ihre Begleiterin, eine weitere junge, attraktive Frau, hatten ihm bereits im Flugzeug eindeutige Blicke zugeworfen.

Es war Cyn nicht entgangen, dass die beiden mehrmals die Toilette am Ende der Maschine aufgesucht hatten, wobei sie sich an Worth und ihr vorbeizwängen mussten. Dabei hatten sie ihm jedes Mal schöne Augen gemacht. Und beim Einsteigen in das Taxi hätte die eine beinahe die andere umgemäht, sosehr waren sie darauf erpicht gewesen, den Platz neben ihm zu bekommen.

»Ganz schön eng hier«, wandte sich Cyn halblaut an Worth. »Ein bisschen wie in einer Sardinenbüchse.«

»Aber Sardinen schwimmen wenigstens in Öl, wenn sie so zusammengepackt werden.«

»Na, das ist doch eine interessante Vorstellung.«

Dieser Kommentar kam von der Frau neben Worth. Während sie ihn aussprach, hatte sie den Blick ostentativ auf seinen Schoß gerichtet. Ihre Freundin lachte unflätig.

Zum Glück stiegen die beiden beim ersten Halt aus.

»Ich glaube, wir sind die Letzten«, entschuldigte sich Worth.

»Jetzt, wo die beiden weg sind, ist es nicht mehr so schlimm. Aber die missgünstigen Blicke in meinem Rücken wurden allmählich unerträglich.«

»Was?«

»Stell dich nicht dumm. Du hast ganz genau gemerkt, dass sie auf dich scharf waren und mich aus Prinzip verächtlich behandelten.«

»Das war schon ein Schritt weiter als scharf sein«, kicherte er. »Sie hat ihren Busen richtig in meine Armbeuge gedrückt – und das nicht zufällig.«

»Hör mal, Worth, wenn du mich lieber im Hotel absetzen und dein Glück versuchen ...«

»Rede keinen Unsinn.«

»Nein, ich meine es wirklich so. Ich möchte, dass du eine schöne Zeit hier verbringst; du solltest dich nicht mir verpflichtet fühlen.«

»Die waren nicht mein Typ, okay? Außerdem, das habe ich dir bereits gesagt, bin ich dieses Wochenende nicht auf Romanzen aus.«

»Sicher?«

»Sicher.« Er seufzte erleichtert, denn soeben bog das Taxi in die Einfahrt ihres Hotels ein. »Wir sind da.«

Sie wurden in eine rosa Empfangshalle eskortiert und dort mit rosa Drinks von Personal in rosa Uniformen empfangen. Cyn entfernte die rosa Hibiskusblüte von ihrem Glas und sog an ihrem rosa Strohhalm.

»Hmmm«, meinte Worth und leerte das hohe, schlanke Glas fast in einem Zug. »Ich habe gar nicht gemerkt, dass ich einen solchen Durst hatte. Was meinst du, wie viele von diesen Dingern ein Mann meiner Größe trinken muss, um ordentlich betrunken zu sein?«

»Ein halbes.« Cyn stellte ihren Drink ab. »Ich habe nach dem ersten Schluck schon angefangen zu schielen. Die wollen anscheinend, dass es einem hier richtig gut geht.«

»Señor Lansing?« Ein unterwürfiger Bediensteter tauchte neben ihnen auf. »Hier entlang, *por favor*.«

Zu dritt durchquerten sie die luftige Eingangshalle bis zu einem Fahrweg, wo sie von einem Jeep in Weiß und Rosa erwartet wurden. Ihr Gepäck war bereits darin verstaut. Worth half Cyn auf den Beifahrersitz und setzte sich dann auf die Rückbank. Der Fahrer legte den Gang ein, und der Wagen schoss los wie ein Rennpferd aus der Startmaschine und fuhr den steilen Hang hinauf.

In einer Mischung aus melodischem Spanisch und Englisch erklärte ihnen ihr Chauffeur und Page, die Jeeps würden im Hotel gewissermaßen als Fahrstühle fungieren, mit denen alles von den Gästen bis zur Bettwäsche den Berg hinauf und hinunter transportiert wurde.

Die enge Straße, die sich den mit wucherndem Grün überzogenen Hang hinaufschlängelte, bot immer wieder spektakuläre Ausblicke auf die Bucht von Acapulco, die benachbarten Berge und die Stadt.

»Das ist wundervoll!«, rief Cyn. »Diese Aussicht ist atemberaubend. Oh Worth, ich bin so froh, dass du mich überredet hast mitzufliegen.«

Am Gipfel angekommen, parkte der Fahrer den Jeep an einem gefährlichen Abhang, griff sich ihr Gepäck und deutete mit einem Kopfnicken auf ein weißes, von üppigem Grün umgebenes Gebäude.

Der Pfad zum Eingang war von flackernden Fackeln erhellt.

Mit einem geheimnisvollen Lächeln führte der Page sie durch ein schmiedeeisernes Tor zu einer Eingangstür, die er ihnen mit einem freundlichen »Bienvenidos« öffnete.

Die Suite war großzügig und elegant, mit einer Bar und einer Essecke auf der einen und einem Bad aus Marmor auf der anderen Seite.

Der Schlafbereich öffnete sich zu einer blickgeschützten Terrasse hin, die einen fantastischen Blick auf die vom Mond beschienene Bucht und die funkelnden Lichter des Hafens bot.

In der Mitte der Terrasse glitzerte wie ein kostbarer Juwel ein kleiner, flacher Pool. Auf dem Wasser trieben riesige frische Hibiskusblüten.

Während der Page im Raum umherschritt, auf dessen zahlreiche Annehmlichkeiten hinwies und erklärte, wie jeden Morgen diskret das Frühstück gebracht werde, standen Worth und Cyn wie Salzsäulen in der Mitte des Raums und starrten auf das einzige Bett – ein großes Doppelbett.

Schließlich blickte Worth ihr in die Augen und zuckte hilflos mit den Schultern.

»Wie du sagtest, die wollen anscheinend, dass es einem hier wirklich gut geht.«

# 4

Cyn warf ihre Handtasche auf das Bett und stemmte die Hände in die Hüften. Diese unerwartete Wende der Ereignisse machte ihre kurzzeitige Begeisterung schlagartig zunichte.

»Ja, das ist jetzt genau der richtige Zeitpunkt, um Scherze zu machen, Worth.«

»Was soll ich denn sonst tun?«

»Du kannst ein anderes Zimmer verlangen.«

Worth wandte sich an den Pagen, dessen Blick argwöhnisch zwischen den beiden »Gringos« hin und her wanderte; er fragte sich wohl, warum sie plötzlich so bestürzt wirkten und sich ein Wortgefecht lieferten.

Worth mühte sich mit seinem begrenzten Schulwissen an Spanisch ab.

»Ah, *señor,* äh, *por favor* …«

»*Si?*« Der Page trat dienstbeflissen vor ihn.

»Haben Sie nicht, äh, *tiene un,* äh, *una,* mmhh …«

»Bis jetzt machst du das wirklich prima«, kommentierte Cyn sarkastisch.

»Du kannst jederzeit gern für mich übernehmen!«, fuhr Worth sie an.

»Ich hatte Französisch in der Schule.«

»Toll. Falls wir je zusammen nach Frankreich fahren, kann uns das ja helfen, aber im Augenblick versuche ich es, so gut ich kann, okay?«

»Okay.«

Worth wandte sich wieder dem Pagen zu, der zunehmend bedrückter wurde.

»Ein Zimmer.« Er zeichnete ein unsichtbares Rechteck in die Luft.

»*Las ventanas?*« Der Page zeigte hoffnungsvoll auf die Fenster, deren Läden noch geschlossen waren.

»Nein, die Fenster sind in Ordnung. Wir brauchen ein anderes Zimmer. Ein Zimmer, verstehen Sie? Mit zwei Betten.«

In der typischen Art eines der Landessprache nicht mächtigen Touristen nahm Worths Englisch einen spanischen Akzent an, und er sprach wesentlich lauter als notwendig. »*Dos*«, sagte er und hielt zwei Finger hoch.

»*Dos?*«

»*Si, dos* Betten.« Er klopfte ein paar Mal auf die Matratze. »Betten. Zwei.«

Der Page reagierte mit offenkundiger Ungläubigkeit. »*Quiere un cuarto con dos camas?*«

»Ja, ich glaube, das ist es«, antwortete Worth zögernd. »*Si.*«

Der Mann breitete die Arme aus und ratterte einige Sätze herunter. Dann versuchte er mit ausholenden Gesten, etwas zu erklären.

»Was hat er gesagt?«, wollte Cyn wissen.

»Ich glaube, er sagte, wir sind erledigt.«

»Was?« Worth fuhr sich durch das dunkelblonde Haar.

»Er sagte, sie haben keines.« Er holte ein paar Dollarscheine aus der Hosentasche und drückte sie dem Mann in die Hand. »Vielen Dank, *Señor* Page. Du warst eine große Hilfe. *Muchas gracias.*«

Er scheuchte den verblüfften Mann hinaus und wandte sich dann Cyn zu, um die Suppe auszulöffeln.

Sie hatte die Arme vor der Brust verschränkt und klopfte mit dem Fuß ungeduldig auf den Boden. Worth wusste sofort, was diese Haltung bedeutete, und hielt zum Zeichen der Unschuld die Hände hoch.

»Ich schwöre, das wusste ich nicht.« – »Warum fällt es mir bloß so schwer, das zu glauben?«

»Cyn, ich schwöre es dir. Ich habe nie auch nur daran gedacht, danach zu fragen. In den meisten Motels bekommt man zwei Einzelbetten, es sei denn, man verlangt extra etwas anderes. Wie sollte ich ahnen, dass dieses Hotel ein Flitterwochenparadies ist? Greta hätte das vielleicht gewusst, hat sie wahrscheinlich auch, aber über Schlafzimmerausstattung haben wir nicht gesprochen.«

»Bei Greta war das auch nicht notwendig.«

Cyn ließ den Blick prüfend durch den Raum schweifen; jetzt erst fiel ihr auf, was eigentlich von Anfang an mehr als offensichtlich war – sie waren in einem Liebesnest gelandet.

Sie ließ sich auf das mit Blütenblättern geschmückte Bett sinken und murmelte: »Der Eingangsbereich war praktisch verlassen, bis auf die Leute, die mit uns eingecheckt haben.«

»Alles Paare.«

»Hast du Familien mit Kindern gesehen?«

»Nicht eine.«

»Es war auch nicht viel los.«

»Jedenfalls nicht außerhalb der Zimmer.«

Sie blickte erst zu Worth und dann ins Leere.

»An unserer Eingangstür hing ein Schild ›Nicht stören‹.«

»Und der Page hat sich lang und breit darüber ausgelassen, wie und wo jeden Morgen das Frühstück bereitgestellt wird.«

»Hmm ... die uneinsehbare Terrasse mit dem kleinen Pool.«

»Die Dusche ist groß genug für zwei ...«

Dieses Mal blickten sie sich etwas länger an, dann fingen sie an zu kichern. Worth musste so sehr lachen, dass er sich schließlich auf dem Bett wälzte und den Bauch hielt.

»Du hättest dein Gesicht sehen sollen, als wir hereinkamen und du auf das Bett geschaut hast!«

»Na, du hast aber auch nicht gerade gelassen gewirkt, Mr Lansing.« Sie wischte sich die Tränen aus den Augen. »Ein leicht verunglückter Anfang für unseren Wochenendurlaub.«

»Aber zumindest kann man nicht sagen, dass es langweilig ist.«

»Das sicher nicht.«

Als Cyn endlich wieder Atem schöpfen konnte, sagte sie: »Bevor es noch später wird, fangen wir besser an, bei den anderen Hotels anzurufen, damit wir noch ein Zimmer für mich finden.«

»Also, Cyn ...« Worth setzte sich auf und nahm ihre Hand zwischen die seinen.

»Da ist er wieder. Dieser Satzanfang, der nichts Gutes bedeutet.«

»Lass mich ausreden, bevor du gleich wieder hochgehst.«

»Wenn du vorschlagen willst, dass wir zusammen hierbleiben, dann spar dir deinen Charme und deine Worte. Ich muss ein anderes Zimmer haben.«

»Warum?«

»Warum?«

»Wir haben schon einmal zusammen in so einem großen Bett gelegen.« Cyn fiel die Kinnlade herunter. »Erinnerst du dich nicht mehr an das Wochenende, an dem wir zu dritt in einem Bett gepennt haben?«

Sie erforschte ihr Gedächtnis, dann schloss sie mit einem hörbaren Klicken der Zähne den Mund und schüttelte widerspenstig den Kopf.

»Das war eine völlig andere Situation«, erklärte sie.

»Da war Tim dabei, und wir waren jung und dumm und pleite.«

»Wir sind nach Houston gefahren, um das Spiel der Cougars gegen die Mustangs zu sehen. Nachdem wir Benzin und Lebensmittel gekauft hatten, reichte unser Geld nur noch für ein Motelzimmer. Es hatte nur ein Bett, und wir haben uns alle drei daraufgeschichtet. Wir hatten jede Menge Spaß, und dabei haben wir uns richtig sittsam benommen.«

»Ich weiß, aber ...«

»Und dieses Mal machen wir es einfach genauso«, versicherte er ihr.

»Du wirst ja hoffentlich nicht noch ein Pärchen einladen.«

Er warf ihr einen zurückhaltenden Blick zu.

»Wir schlafen in unseren Klamotten. Ich schlafe außerhalb der Bettdecke.«

»Nein.«

Frustriert stöhnte er ihren Namen.

»Warum sollen wir in aller Herrgottsfrühe ganz Acapulco abklappern, auf der Suche nach einem Zimmer, das wahnsinnig überteuert und weiß Gott wie weit weg sein wird? Und hast du jemals versucht, in diesem Verkehr hier zu fahren? Wir würden die meiste Zeit im Auto hocken in dem Versuch, zusammenzukommen, und die wenigste damit, wirklich zusammen zu sein und es uns miteinander gut gehen zu lassen. Und das war schließlich das, was wir wollten.

Außerdem fände ich es nicht in Ordnung, dich irgendwo abzusetzen und deinem Schicksal zu überlassen. An Orten wie diesem wimmelt es nur so von Gigolos, die auf Beute wie dich aus sind. Ich habe Ladonia versprochen, auf dich aufzupassen. Sie würde es mir nie verzeihen, wenn ich dich alleinließe.«

Seine Argumente begannen, vernünftig zu klingen, und das bereitete ihr die größte Sorge.

»Ich weiß nicht, Worth. Wenn jemand ...«

»Es herausfindet? Wieso zum Teufel kümmert dich das? Du bist erwachsen, oder nicht?«

»Foul! Schlag unter die Gürtellinie.«

»Das ist eine Situation für Erwachsene. Und wir sind Erwachsene.«

»Vorsicht. Du fängst an, wie Josh zu klingen.«

»Gott bewahre.« Er drückte ihre Hände zum Zeichen, dass er auf seiner Meinung bestand. »Wir sind vernunftbegabte Wesen und können mit dieser Situation umgehen, Cyn. Um Himmels willen, ich werde sicher nicht die Witwe meines besten Freundes im Schlafzimmer herumscheuchen!«, fügte er ärgerlich hinzu.

»Davor habe ich keine Angst.«

»Wovor denn dann?«

»Was, wenn du eine andere im Schlafzimmer herumscheuchen willst?«

»Hä?«

»Was ist, wenn du eine Frau triffst und sie hierher mitbringen willst? Muss ich dann vielleicht draußen warten?«

»Ich hätte auch eine Frau mitbringen können, wenn wir ein Zimmer mit zwei Betten hätten.«

»Stimmt«, räumte Cyn vorsichtig ein.

»Aber ich habe nichts dergleichen vor. Ich habe sexuellen Abenteuern für dieses Wochenende abgeschworen. Ich möchte einfach nur mit einem Kumpel zusammen sein.«

Sie warf einen nachdenklichen Blick durch die Glastür auf die uneinsehbare Terrasse. Der kleine Pool war wunderschön, der Mond am Himmel hinreißend romantisch, durch den Raum wehte ein wohlriechender, lauer Windhauch. Das ganze Panorama war einfach atemberaubend.

»Es ist so schön. Viel schöner, als ich es mir vorgestellt hatte.«

»Also gut!«, erklärte er vergnügt, »du nimmst diese Seite, ich die hier. Welche Schubladen der Kommode willst du?«

Als ob sie eine Vereinbarung getroffen hätten, begann er, seine Reisetasche auszupacken. Cyn nahm an, dass es wohl so war. Die Vorstellung, das Wochenende in einer vollkommen fremden Stadt zu verbringen, in einem Hotel, das einfach nicht so schön sein konnte wie dieses hier, unter Menschen, deren Sprache sie nicht kannte, und dann immer wieder zu versuchen, mit der einzigen Person Kontakt aufzunehmen, die diesen Urlaub verschönern konnte – diese Vorstellung fand sie ziemlich beklemmend.

Und es war dumm gewesen, aus dem einen Bett eine solche Geschichte zu machen. Wie Worth gesagt hatte, sie waren Erwachsene und konnten sich entsprechend benehmen.

»Während ich mich umziehe, kannst du schon mal über die Snackbar herfallen.« Er nahm seine Badehose und ging in die Dusche zum Umziehen.

Cyn saß auf einer Seite des Betts und dachte wehmütig an die Warnung ihrer Mutter. Sie hatte gehofft, etwas würde ihren Alltagstrott durcheinanderbringen. Und nun hatte sie mehr Durcheinander bekommen, als sie sich wünschen konnte.

»Köstlich.« Fünfzehn Minuten später leckte sie das Salz der Kartoffelchips von den Fingern. »Wie sind die Cracker mit Erdnussbutter?«

»Ganz gut, wenn man Hunger hat. Ich möchte gern wissen, wann sie das Frühstück anliefern.«

Sie saßen bis zum Hals im lauen Wasser ihres kleinen

Pools. Und sie hatten alle vorrätigen Snacks geplündert und zwei Flaschen Mineralwasser getrunken.

»Hmm.« Cyn seufzte zufrieden und legte den Kopf auf den Rand des kleinen Beckens zurück, bewegte die Beine gerade genug, dass sie an der Oberfläche blieben, und blickte in den Himmel hinauf. »Warum bin ich eigentlich nicht hundemüde?«

»Zu viel Aufregung.«

»Wahrscheinlich. Man möchte meinen, dass – was war das?«, fragte sie und setzte sich auf. – »Was?«

»Dieses leise Piepsen. Da ist es wieder. Ich glaube, das sind diese Vögel. Hörst du es nicht?«

»Vögel?«

Worth stand auf und löste dabei eine kleine Flutwelle im Pool aus. Er ging zum Geländer, lauschte und suchte nach den Vögeln, die Cyn gehört hatte.

Sie gesellte sich zu ihm, leicht zitternd unter dem Badetuch, das sie sich umgelegt hatte. Die Brise vom Pazifik fühlte sich auf ihrer nassen Haut kühl an.

»Da ist einer!«, rief sie halblaut und zog rasch den Kopf ein, als eine der geflügelten Kreaturen herabstieß, um ein Insekt zu fangen, das die Sicherheitsbeleuchtung umschwirrte.

Worth neben ihr kicherte.

»Vögel, ah ja.«

»Na, was denn sonst?«

»Wir gehen besser wieder hinein.«

Er legte einen Arm um ihre Schulter.

Sie blieb wie angewurzelt stehen.

»Was gibt es denn da zu lachen?«

»Nichts.«

»Du lügst, Worth Lansing. Was ist so lustig, hm?«

»Deine Vögel«, sagte er und brach lauthals in Lachen aus, »das sind Fledermäuse, meine Liebe.«

Cyn wiederholte das Wort lautlos, dann stürzte sie auf die Terrassentür zu. Worth erwischte gerade noch ihr Badetuch und konnte sie aufhalten. Er presste sie fest an sich, immer noch lachend, während sie kämpfte, um die Sicherheit der Suite zu erreichen.

»Das sind keine Vampire, Cyn.«

»Woher willst du das wissen? Was weißt du denn schon von Fledermäusen?«

»Im Ernst«, sagte er, immer noch prustend, »die sind völlig harmlos, die suchen sich nur gerade ihr Abendessen. Sobald es hell wird, fliegen sie nach Hause.«

»Genau wie Dracula.« Sie schüttelte sich.

Er zog sie erneut an sich.

»Sie greifen Menschen nur in Horrorfilmen an. Denen ist ein hübscher, fetter Käfer zehnmal lieber als dein köstliches Blut.«

Cyn befreite sich aus seinen Armen. Das Badetuch glitt zu Boden.

»Bist du sicher?«

Mit ängstlichem Blick suchte sie den Himmel ab.

»Absolut.« Er riss die Augen weit auf und zeigte wie ein Vampir die Zähne.

»Aberrrr iiich meechte dich in den Hals baiißßßen!«, keuchte er wie in einer Szene aus einem Horrorfilm.

Was er auch tat.

Es begann als neckische Spielerei; er fasste mit den Zähnen die zarte Haut unter ihrem Ohr und ließ nicht mehr los. Cyn stieß einen erschreckten Laut aus und wölbte den Rücken im Versuch, sich aus seiner Umklammerung zu befreien. Sie lachten beide.

Doch das Lachen verging ihnen abrupt, als seine Zunge ihre Haut berührte. Es geschah zufällig, aber das änderte nichts daran, dass dieser Kontakt eine elektrisierende Wirkung auf beide hatte.

Sie erstarrten und wurden sich augenblicklich ihrer Körper bewusst. Er trug eine Badehose, sie einen Bikini, doch es waren die unbedeckten Stellen, derer sie plötzlich gewahr wurden. Zum Beispiel, wie sich ihre Brüste aus dem Oberteil herauswölbten. Sein behaarter Unterleib, der gegen ihren Bauch drückte. Und wie ihre Beine perfekt zueinander standen.

Doch kaum hatten sie diesen Moment registriert, war er auch schon wieder verflogen. Sie ließen unbeholfen die Arme sinken und trennten sich. Cyn hob ihr Badetuch auf, wobei sie allerdings fast das Gleichgewicht verlor, sosehr drehte sich alles in ihr.

Sie fächelte sich mit einem Zipfel des Tuches Luft zu.

»Es ist heiß geworden.«

»Sehr«, erwiderte Worth mit einer Stimme, die kaum mehr als ein Krächzen war.

»Kommst du?«

»Hm?«

»Herein?«

Er schluckte schwer.

»Herein?« Sie deutete auf die gläserne Schiebetür.

»Ach so, ins Zimmer, ja sicher«, sagte er und hüstelte etwas gekünstelt. »Aber geh du schon mal voraus. Du bist dran, als Erste ins Bad zu gehen.«

»Ich brauche nicht lang. Muss mir nur, du weißt schon, Zähne putzen und … und so.«

Cyn kam sich dumm vor, ohne zu wissen wieso und warum, und hastete ins Badezimmer. Das Erste, was sie tat, nachdem sie die Tür hinter sich geschlossen hatte, war, im Spiegel die Stelle zu betrachten, wo er sie gebissen hatte. Tatsächlich entdeckte sie unter dem rechten Ohr eine leicht gerötete Stelle. Sie spürte ein flatterndes Gefühl in ihrer Magengrube, wie von einem Segel in einem umspringenden Wind.

»Du benimmst dich ausgesprochen dumm!«, sagte sie ärgerlich zu sich selbst, als sie beinahe einen Tupfen Haargel auf ihre Zahnbürste drückte. Zum Glück bemerkte sie ihren Fehler gerade noch rechtzeitig.

Während sie ihre Zähne bestrafte, indem sie sie fester als nötig bürstete, verfluchte sie Josh Masters dafür, dass er sie wieder ihrer Sexualität bewusst gemacht hatte, die seit dem Tod ihres Mannes sanft entschlafen war – bis vor etwa neunzig Sekunden.

Das Geräusch ihres Föns übertönte die gemurmelte Lektion, die sie sich selbst dafür erteilte, dass sie auf ein Küsschen in den Nacken reagiert hatte wie eine Schwachsinnige ... einen warmen, feuchten, wunderbaren, weltbewegenden kleinen Kuss in den Nacken.

»Das war schließlich nur Worth, mein Gott noch mal!«, schimpfte sie in den Spiegel.

Ihr Spiegelbild blickte sie an: dasselbe schulterlange Haar, das lockig nicht so gut wirkte, sondern am besten aussah, wenn es zu einer lockeren Innenrolle gelegt wurde; ihr kleines, dreieckiges Gesicht, das jetzt allerdings etwas gerötet war; dieselben grünen Augen.

Aber wenn es Brandons Augen gewesen wären, in die sie im Moment blickte, dann hätte sie nach dem Fieberthermometer gegriffen. Denn ihre Augen hatten diesen glasigen Schimmer, der inneres Feuer signalisierte.

Ungehalten über sich selbst zog sie ihr Nachthemd über und verließ das Badezimmer, bevor ihr noch mehr dumme Fantasien durch den Kopf geistern konnten.

Worths Blick schweifte direkt zu ihrem Nacken, als sie wieder ins Zimmer kam, doch der Kragen ihres Nachthemds bedeckte die Stelle, wo er sie geküsst hatte.

Er hatte das als Zudecke dienende Laken zurückgeschlagen und lag langgestreckt auf dem Bett, die Hände hinter dem Kopf verschränkt. Statt der nassen Badehose trug er jetzt Jogging-Shorts.

»Kann ich?«, fragte er.

Sie nickte, und er stand auf und ging ins Badezimmer. Cyn stieg ins Bett und legte das Laken sorgfältig so über sich, dass sie von den Schlüsselbeinen abwärts bedeckt war, auch wenn das Nachthemd durchaus gereicht hätte. Um sich abzulenken, blätterte sie in den auf dem Nachttischchen bereitliegenden Broschüren.

»Irgendetwas Interessantes?«, fragte Worth, als er ein paar Minuten später aus dem Badezimmer kam.

Erst als er sich neben sie legte, bemerkte sie, wie sehr sie den Geruch feuchter, männlicher Haut vermisst hatte.

»Parasailing.«

»Ich habe Höhenangst.«

Sie legte die Broschüre beiseite und nahm eine andere zur Hand.

»Eine Kreuzfahrt in der Bucht von Acapulco mit Mittagessen auf einer Insel.«

»Zu touristisch.«

»Ein Ausritt im ...«

»Vergiss es.« Er machte ein angewidertes Geräusch und sagte: »Hör mal, bevor du all diese tollen Dinge aufzählst – willst du irgendetwas davon machen? Wenn ja, dann mache ich mit.«

Noch ehe er seinen Satz beendet hatte, schüttelte Cyn bereits den Kopf.

»Nichtstun klingt für mich am besten. Keine vorgegebenen Termine. Und ich will auch auf nichts warten. Ich will in der Sonne liegen, das ist alles.«

»Gut. Ich auch.« Er schaltete das Licht aus. Das Bett schaukelte leicht, als er es sich bequem machte. Er schlug auf sein Kissen.

»Vielleicht eine Cocktail-Kreuzfahrt in der Bucht bei Sonnenuntergang«, meinte er, sobald er ruhig dalag.

»Das könnte schön sein.«

»Wir könnten auch einen der Nachtclubs ausprobieren.«

»Klingt auch ganz gut.«

»Vielleicht ein wenig tanzen.«

»Tanzen«, wiederholte sie verträumt. »Getanzt habe ich seit Jahren nicht mehr.«

»Wenn du willst, gehen wir.«

»Ganz wie du magst.«

Es herrschte eine Weile Stille, dann fragte er: »Cyn?«

»Hm?«

»Wann haben wir angefangen, so höflich zueinander zu sein?«

Sie spürte ein Unbehagen und veränderte ihre Liegeposition.

»Sind wir das?«

»Ja. Seit ich dich in den Nacken geküsst habe, reden wir miteinander wie Fremde.« Er rollte sich auf die Seite, das Gesicht ihr zugewandt. »Das war ein Zufall, Cyn. Eine Reflexbewegung meines Mundes. Ich schwöre es dir.«

»Weiß ich doch, Dummerchen.«

»Manchmal überkommen einen diese ganz ursprünglichen Triebe. Ich meine, du bist in so einer Situation, du hältst zum Beispiel eine Frau in den Armen und plötzlich überkommt dich dieses Bedürfnis, und noch ehe du es mitkriegst, tust du etwas, das du selbst nicht glauben kannst.«

»Ich habe mir darüber keine großen Gedanken gemacht, Worth.«

»Wirklich nicht?«

»Nein«, log sie.

»Aha. Na – gut.«

Er klang nicht überzeugt, und schon gar nicht erfreut, aber er rollte sich wieder auf den Rücken. Cyn stieß einen leisen Seufzer der Erleichterung aus, und dadurch ließ die Spannung in ihrer Brust etwas nach.

»Cyn?«

»Hm?«

»Bist du müde? Wenn ja, dann sag einfach, ich soll mit dem Reden aufhören.«

»Nein. Mir geht's gut.«

»Mmh, ich habe mich gerade gefragt, ob du es vermisst …«

»Was?«

»Mit jemandem zu schlafen?« Er musste ihre Unruhe gespürt haben, denn er beeilte sich, sogleich hinzuzufügen: »Ich meine, vermisst du es nicht, dass jemand da ist, wenn du abends zu Bett gehst, und zu wissen, dass er auch am nächsten Morgen neben dir liegt, wenn du wieder aufwachst? Vermisst du es nicht zu wissen, wer dieser Jemand ist und was er gern zum Frühstück isst?«

Dieses Mal drehte sie sich auf die Seite, um ihn anzuschauen.

»Höre ich hier so etwas wie ein Bedauern wegen meines Lebensstils?«

»Nein, nein!« Doch nach ein paar Sekunden gab er verlegen zu: »Na ja, vielleicht doch. Ich werde anscheinend alt. Oder ich habe die Schnauze voll von dem ewigen Spiel. Ich weiß nicht. Aber in letzter Zeit denke ich öfter, dass es schön sein muss, so eine Beziehung zu haben, wie du sie mit Tim hattest.«

»Es ist schön, Worth, sich der Liebe eines anderen sicher sein zu können.«

»Ja, bestimmt gibt es Argumente für die Monogamie, schätze ich. Und dafür, Kinder miteinander zu haben.« Er wandte sich ihr wieder zu, sodass sie sich in der Dunkelheit in die Augen sahen. »Wie ist das, ein Baby zu haben?«

»Oh, es macht riesigen Spaß.«

Er lächelte über ihre sarkastische Erwiderung.

»Ich meine ja nicht, tatsächlich eines zu bekommen. Gott, das muss irrsinnig wehtun. Das kann ich mir noch nicht einmal vorstellen«, meinte er und schauderte. »Wie ist das, wenn man ein anderes Leben in sich trägt?«

»Das solltest du eigentlich wissen. Jedes Mal, wenn wir uns während meiner Schwangerschaft sahen, bist du hinter mir hergelaufen und hast mich gefragt, ob du die Bewegungen des Babys spüren darfst.«

»Na ja, ich war ein Einzelkind. Ich hatte nicht das Vergnügen, mich auf ein Brüderchen oder Schwesterchen freuen zu können.«

Sie begann zu lachen.

»Weißt du noch, wie wir einmal ins Kino gingen und Brandon übermütig wurde? Den ganzen Film lang spielte er Fußball gegen meine Rippen, und du hattest dabei die Hand auf meinem Bauch liegen.«

»Ich vertraute nicht darauf, dass Tim wirklich mitzählt.«

»Genau! Ihr hattet gewettet, wie oft das Baby während des Films treten würde.«

»Und ich gewann zehn Dollar.«

»Ihr Dummköpfe«, sagte sie mit einem leisen Lachen. »Ich sitze da mit geschwollenen Knöcheln und einem riesigen Bauch, und ihr beide amüsiert euch auf meine Kosten. Das ist ungerecht.«

»Stimmt. Was die Fortpflanzung anbelangt, haben die Männer das bessere Los gezogen, denke ich.«

»Jedenfalls habt ihr den leichteren Part.«

»Seltsam«, bemerkte er und drehte sich wieder auf den Rücken, »ich war sicher, wir hätten den schwereren.«

# 5

»Bist du sicher, dass das okay ist?«, fragte Cyn ängstlich, als Worth ihr aus dem Jeep in Rosa und Weiß half, den sie im Hotel gemietet hatten.

»Würdest du bitte aufhören, über das Kleid herzuziehen? Es ist umwerfend.«

»Witwen haben kein Interesse daran, ›umwerfend‹ zu wirken. Das überlassen wir den kessen Mädels am Strand, die noch keine Babys ausgetragen haben.«

»Hör mal«, sagte er und fasste sie an den Schultern, »ich habe deinen Bauch heute gesehen, und ich finde, er ist so schön wie jeder andere am Strand. Und was dieses Kleid anbelangt – an dem Mannequin im Laden sah es großartig aus, und du kannst es leugnen, solange du willst, aber dein Herz hängt daran, und auch an dir sieht es fantastisch aus, also hör auf, daran herumzumeckern und freue dich darüber. Ende der Predigt.

Außerdem, wenn du gekleidet wärst wie eine Nonne, würde das meinen Ruf als Weiberheld ruinieren, wenn ich dich in diesem schicken Nachtclub zum Tanzen ausführe.«

»Bist du bei deinen Verabredungen immer so schlecht gelaunt?«

»Nein. Nur wenn mir die Damen Schwierigkeiten machen.«

Und nur, wenn ihm wegen der Witwe seines besten Freundes der Mund wässrig wurde.

»Hab ein wenig Geduld mit mir, Worth. Ich bin an rückenfreie Kleider nicht gewöhnt.«

Worth legte eine Hand auf ihr Kreuz und führte sie auf

den neonbeleuchteten Eingang einer der berühmten Discos von Acapulco zu.

»Man sieht, wie braun du heute geworden bist.«

»Meine Haut brennt ein bisschen. Ich glaube, du hast eine oder zwei Stellen vergessen, als du mich heute mit dem Sonnenöl eingerieben hast.«

Er zweifelte nicht daran. Er hatte sich den ganzen Tag über unverantwortlich benommen, obwohl der Morgen ganz unschuldig angefangen hatte. Sein Scherz letzte Nacht hatte die Spannung zwischen ihnen abgebaut und sie beide wieder ins alte Fahrwasser gebracht, sodass das Teilen des Betts kein Problem mehr gewesen war.

Sie hatten lange geschlafen und ein köstliches Frühstück mit Blätterteiggebäck, frischem Obst, Saft und Kaffee auf ihrer Terrasse genossen. Cyn hatte sich völlig entspannt gefühlt und die Füße auf einen freien Stuhl gelegt. Ihm war es schwergefallen, den Blick von ihren langen, schlanken Beinen abzuwenden. Und wie konnte ein weites Nachthemd aus Baumwolle bloß zum Kleidungsstück mit dem größten Sexappeal werden, das eine Frau im Bett tragen konnte? Vielleicht, wenn karamellfarbenes Haar verworren um ihre Schultern spielte …

»Lass mich meinen Anteil am Gedeck bezahlen«, sagte sie jetzt, als der Kellner sie durch die Menge zu einem Tisch führte.

»Du bist eingeladen«, erwiderte er kurz und bündig und rückte den Stuhl für sie zurecht. Als er sich setzte, stieß er sich das Knie an.

»Ich habe Pizzas gegessen, die größer waren als dieser Tisch«, murrte er.

Sobald sich der Kellner mit ihrer Bestellung entfernt hatte, beugte sich Cyn über das Tischchen und signalisierte Worth, dasselbe zu tun, damit sie sich bei der lauten Musik unterhalten konnten.

»Bist du schlecht gelaunt? Du brauchst nicht zu denken, dass du mich unterhalten musst. Wir können auch wieder gehen. Ich wäre ebenso zufrieden damit, heute Abend einfach auf der Terrasse zu entspannen und den Fledermäusen zuzuschauen, wie sie unsere Insekten fressen.«

Ihr Gesicht war seinem so nahe, dass er ihre Wimpern zählen konnte. Seine Augen wanderten von ihrem bezaubernden Lächeln abwärts zu ihrem Hals, den die tropische Sonne getönt hatte, und in das V ihres Ausschnitts. Schuldbewusst erhaschte er einen Blick auf die Wölbungen ihrer Brüste.

»Ich bin in bester Laune.«

Mit zusammengebissenen Zähnen zog er die Lippen auseinander und brachte die Karikatur eines Lächelns zustande. Er merkte, dass sie es ihm nicht abnahm, doch die Rückkehr des Kellners mit ihren Drinks hielt sie davon ab, das Thema weiter zu verfolgen.

Worth rührte mit dem langen Strohhalm in dem Mix aus Fruchtpunsch und Rum und ließ vor seinem inneren Auge den Tag Revue passieren, den sie zusammen verbracht hatten. Nach dem Frühstück hatten sie ihre Sachen in den gemieteten Jeep gepackt und waren zu dem für die Gäste reservierten Hotelstrand gefahren.

Ohne jede falsche Scheu hatte Cyn sofort ihr Kleid ausgezogen und war ins Wasser gegangen. Er war ihr gefolgt, nicht ohne sich zu erinnern, dass diese Frau mit den schlanken Schenkeln und dem kessen Po eine Freundin war, die er seit Jahren kannte.

Damals hatte er seinen Zimmerkollegen Tim McCall wegen des Mädchens, das diesem so sehr gefiel, gehänselt. Von dem Tag an, an dem Tim den Mut aufgebracht hatte, sich ihr nach der Psychologiestunde vorzustellen, war Cyn sein einziges Gesprächsthema gewesen. Und als er Worth dann mit ihr bekannt machte, verstand der sofort warum, und machte seinem Freund ein Kompliment für seinen guten Geschmack bezüglich Frauen.

Irgendwann hatte Tim dann erklärt, er und Cyn seien nun ein festes Paar. Worth hatte ihm gratuliert. Bei ihrer Hochzeit war er Trauzeuge gewesen. Während sie bei Brandons Geburt in den Wehen lag, war er zusammen mit Tim im Wartezimmer auf und ab geschritten. Einmal hatte er sogar beobachtet, wie Cyn das Kind, seinen Patensohn, stillte. Tim und er waren dagestanden, hatten gegen ganz »unmachomäßige« Gefühle angekämpft und versucht, die Tränen zurückzudrängen.

Aber als sie heute den Wellen entstieg, das Meerwasser zwischen ihren Brüsten hinabperlte und ihre Brustwarzen sich unter dem Stoff des Bikinis abzeichneten, war er ganz und gar nicht von der spirituellen Schönheit ihres mütterlichen Busens berührt gewesen.

Nein, bei diesem Anblick hatte ihn die pure Fleischeslust überwältigt. Sie hatte ihn überrannt wie eine dahinrasende Lokomotive und ihn in einen Taumel sexueller Fantasien getrieben, die so bildkräftig waren wie die Pornos, die sie damals ins Studentenheim eingeschmuggelt hatten.

Er war krank im Kopf, richtig krank.

Den ganzen Tag war es so weitergegangen; er hatte einfach nicht mehr darüber hinwegsehen können, dass die Witwe seines Freundes eine schöne, sehr begehrenswerte Frau war.

Als sie ihn bat, ihren Rücken mit Sonnenöl einzureiben, hatte sein Herz mit der doppelten Geschwindigkeit geschlagen, und sein ganzes Blut schien sich in der Leistengegend zu sammeln. Ihre Haut war so unglaublich zart und geschmeidig, die Rückseiten ihrer Schenkel so glatt, und er hatte den Blick nicht von ihrem wohlgeformten Po abwenden können.

Also gut, er war krank.

Tim würde zurückkommen und ihn umbringen, wenn er wüsste, welche Gedanken sein bester Freund heute bezüglich seiner Frau gehegt hatte – vor allem, als sie sich vor ihm drehte und in aller Unschuld fragte, was er von ihrem kurzen weißen Strandkleid hielt. Sie hatte es sich so sehr gewünscht, doch der ungeschminkte Sexappeal des Kleidchens hatte sie eingeschüchtert. Er aber fand es toll und überredete sie, es zu kaufen, weil es so viel Haut zeigte und weil sich der weiche Stoff so sinnlich an ihre Brüste schmiegte, wenn sie keinen BH darunter trug.

Krank.

Und nun saß sie ihm gegenüber, mit unsicherer Miene, weil er sich wie ein Trottel benahm und sie nicht wusste, weshalb. Ihr Haarknoten löste sich; darüber hatte sie schon früher geklagt. Wenn sie gewusst hätte, wie umwerfend diese losen Strähnen auf der Fahrt zur Disco im offenen Jeep gewirkt hatten. Wenn sie gewusst hätte, wie verdammt verführerisch ihr Parfum duftete, und wie einladend ihr Lächeln war, und wie verlockend ihr … sie wäre auf und davon gerannt, und er hätte es ihr nicht verübeln können.

»Willst du tanzen?«, fragte sie abrupt.

»Willst du?«

»Ich habe dich gefragt, oder nicht?«

Ein ungehobelter Trottel mit einem kranken Hirn, ja, das war er.

Worth bot ihr über den winzigen Tisch hinweg seine Hand und geleitete sie zur Tanzfläche, die mit sich drehenden und ineinander verschlungenen Pärchen gefüllt war.

»Kann sein, dass ich ein wenig eingerostet bin«, meinte sie mit einem entschuldigenden Lächeln.

»Macht nichts. Es schaut doch keiner zu.«

Keiner außer ihm. All seine Aufmerksamkeit galt den sinnlichen Bewegungen ihres Körpers. Ein unmerklicher Hüftschub, ein anmutiges Schulterzucken, ein leichtes

Schwingen ihrer Brüste. Er hatte früher viele Male mit ihr getanzt, viel zu oft, um alle Gelegenheiten aufzuzählen, aber immer nur, wenn Tim und er die Partnerinnen gewechselt hatten. Bis zum heutigen Tag hatte er nie bemerkt, was für eine gute Tänzerin in ihr steckte. Sie war weit davon entfernt, eingerostet zu sein – sie bewegte sich flüssig und elegant.

Die Musik lockte so viele Gäste auf die Tanzfläche, dass er und Cyn zwischen den anderen Paaren regelrecht eingepfercht wurden. Sein Oberschenkel streifte ihr Becken; sein Arm berührte ihren Busen. Verglichen mit der sexuellen Vertrautheit, die ihn mit den meisten anderen Frauen verband, die er ausführte, hätten diese körperlichen Kontakte absolut folgenlos sein sollen. Doch sie erzeugten ein bohrendes Verlangen in ihm, sie verursachten ihm Lust und Schmerz zugleich.

Das Stück von Bon Jovi endete, und eine Ballade von Whitney Houston begann. Einem Impuls folgend, zog Worth seine Partnerin in die Arme. Gestern Abend erst hatte er ihren Rücken massiert. Jetzt dachte er nicht einmal daran, ihn zu berühren, sondern hielt die Hände schicklich auf Höhe ihrer Taille. Doch dann bemerkte er einen Mann, der sie von oben bis unten mit einem lüsternen Blick bedachte; deshalb legte er nun besitzergreifend eine Hand in die Mitte ihres bloßen Rückens.

Sie hatte die Hände locker hinter seinem Kopf verschränkt. Er versuchte, nicht an ihre Brüste zu denken, die weich und blass und voll an seinen Körper gepresst waren – schon ein Anflug dieses Gedankens entlockte ihm ein leises Stöhnen.

Sie zog den Kopf etwas zurück und blickte besorgt zu ihm auf.

»Du fühlst dich doch nicht etwa unwohl?«

Oh, doch. »Nein. Wieso?«

»Du verhältst dich so, als ob es dir nicht gut ginge. Ladonia hat mir Tabletten gegen Durchfall mitgegeben.«

»Meinem Magen geht es hervorragend.« Sein Problem war ein ganzes Stück weiter unten angesiedelt. »Mir geht es wunderbar.«

»Wirklich?«

»Wirklich, ganz echt.«

Lächelnd zog er sie näher an sich – nur um sicherzustellen, dass er das immer noch konnte, ohne gleich wie ein erregter Schuljunge zu reagieren. Das erwies sich jedoch als ein jämmerlicher Versuch, denn ihre Körper passten gut zusammen – betörend und gefährlich gut. Auch Cyn bemerkte es; sie verspannte sich.

»Was ist los?«

Sogar in seinen eigenen Ohren klang seine Stimme unnatürlich. Wahrscheinlich, weil sein Gesicht nur wenige Zentimeter von ihrem entfernt war. Er konnte die Stelle sehen, wo er sie gestern Abend geküsst hatte. Er konnte ihren Atem spüren. Er spürte ihre Brüste. Ihre Lippen waren feucht und verführerisch.

»Ich ... ich glaube, ich habe zuviel Sonne erwischt«, sagte sie. »Oder der Drink ist mir in den Kopf gestiegen. Mir ist schwindlig.«

»Vielleicht setzen wir uns besser wieder hin.«

»Ja, vielleicht.«

Aber selbst nachdem sie sich darüber einig geworden waren, drehten sie sich noch einige Male, wobei sie allerdings kaum die Füße bewegten. Erst dann rückte Worth widerstrebend von ihr ab und führte sie zum Tisch zurück.

»Möchtest du ein Glas Wasser?«, fragte er, sobald sie ihren Platz eingenommen hatte.

Sie fächelte sich mit einer Papierserviette Luft in das gerötete Gesicht.

»Das könnte helfen. Aber eine Flasche bitte, und ohne Kohlensäure.«

»Bin gleich wieder da.«

»Der Kellner …« Sie deutete ein Winken an.

»Der braucht zu lange. Bleib sitzen.«

Er pflügte sich durch die lärmende Menge zur Bar, froh darum, ein paar Minuten allein zu sein. Vielleicht konnte er mit etwas räumlicher Distanz zwischen ihnen alles wieder ins Lot bringen. Was zum Teufel passierte eigentlich mit ihm?

»Eine Flasche Mineralwasser, bitte«, rief er einem der vielbeschäftigten Barkeeper zu.

»Oh, hallo!«

Worth drehte sich um. Neben ihm waren die beiden jungen Frauen aufgetaucht, die sie bereits im Flugzeug gesehen hatten. Sie trugen schillernde, paillettenbesetzte Blusen, und ihre Ohrringe waren länger als ihre Miniröcke.

»Hallo.«

»Erinnerst du dich an uns?«

Nicht gerade galant entgegnete er: »Klar. Eine Frau, die schon mal ihren Busen in meine Armbeuge gedrückt hat, vergesse ich so schnell nicht.«

Sie kicherten und zeigten sich keineswegs beleidigt.

»Wir haben dich heute am Strand gesehen.«

»Ah, ja?« Worth blickte suchend nach dem Barmixer, bei dem er bestellt hatte. Er war am anderen Ende der Theke mit seinem Shaker beschäftigt.

»Du musst mit Gewichten trainieren«, meinte eine der beiden jungen Frauen und stupste ihn dabei in den Bauch. »Du hast einen tollen Körper. So … hart.«

»Danke. Hey, Barmann, wo ist mein Mineralwasser?«

»Wo ist deine Frau?«

»Meine was? Oh, sie ist nicht meine Frau.«

Die eine der beiden warf der anderen einen blasierten

Blick zu, der wohl bedeutete: »Siehst du, ich hab's dir doch gesagt«. Dann fragte sie Worth: »Wirklich?«

»Wir sind nur, äh, Freunde.«

»Wo ist sie?«

»Sie sitzt da drüben. Sie fühlt sich ein wenig unwohl.« Mit einem Fünf-Dollar-Schein winkte er einen anderen Barmixer zu sich. »Eine Flasche Mineralwasser, bitte.«

»Willst du wissen, wo wir später hingehen?«

»Wohin denn?«, fragte Worth höflich und etwas zerstreut, denn er war mehr daran interessiert, das Wasser zu bekommen, als an den Plänen der beiden für den Abend.

»Wir machen bei dieser Tour durch die Nachtclubs mit, du weißt schon, die für die Erwachsenen.«

Er zog die Brauen hoch.

»Tatsächlich? Na, dann viel Spaß.«

»Wenn sich deine Begleitung nicht wohlfühlt, möchtest du nicht mitkommen?«, fragte die eine kühn.

»Ich habe diese Tour schon gemacht.«

»Ist sie wirklich so unanständig, wie es immer heißt?« Mit gesenkter Stimme fügte sie hinzu: »Stimmt es, dass sie es auf der Bühne tun?«

»Ihr werdet bestens unterhalten werden.« Ihre Erwartung war so übermächtig, dass sie den spöttischen Unterton in seiner Stimme nicht registrierten.

»Hey, komm doch bitte mit.«

»Danke, aber wie gesagt, ich habe die Varietés schon besucht.« Er nahm von dem Barmixer ein Glas und die Flasche Wasser in Empfang. Der Mann behielt den Fünf-Dollar-Schein, ohne Anstalten zu machen, Worth Wechselgeld zurückzugeben.

»Aber zu dritt wäre es doch noch viel, viel toller«, säuselte die eine und ergriff seinen Arm, als er gehen wollte.

»Ganz bestimmt«, erwiderte er sarkastisch, »aber trotzdem – ohne mich. Viel Spaß.«

Enttäuschung machte sich auf den Gesichtern der beiden Frauen breit, als er seinen Arm befreite und sich wieder durch die Menge vor dem Tresen kämpfte. Er schüttelte ärgerlich den Kopf und machte sich auf den Weg zurück zu dem Tisch, an dem Cyn wartete.

Doch als er dort ankam, war sie nicht mehr da. Ein anderes Paar hatte daran Platz genommen; die beiden tauschten über ihre Flaschen mexikanischen Biers hinweg glühende Blicke aus.

Worth vergewisserte sich, dass er am richtigen Tisch war, dann fragte er: »Entschuldigung, aber wo ist die Dame, die hier saß?«

Verärgert über die Störung blickten die zwei zu ihm auf.

»Verzieh dich!«, fuhr der Mann ihn an.

»Sie müssen sie gesehen haben. Sie war vor ein paar Minuten noch hier. Weißes Kleid. Honigbraune Haare.«

»Als wir herkamen, war der Tisch leer«, stellte die Frau unmissverständlich klar.

»Aber …«

»Hör mal, Mann, wenn du deine Angebetete nicht mehr finden kannst, dann hast du eben Pech gehabt«, knurrte der Mann ihn an. »Also, muss ich jetzt den Chef rufen lassen?«

Worth stellte die Flasche und das Glas auf den Tisch und erklärte dem Herrn mit größter Bestimmtheit, was er damit tun könne. Dann suchte er mit dem Blick die Tanzfläche ab, und nachdem er Cyn nicht entdecken konnte, kämpfte er sich Richtung Ausgang.

Da er gegen den Strom schwimmen musste, schien es eine Ewigkeit zu dauern, bis er sich durch die Menge durchgewühlt hatte. Als er endlich am Ziel anlangte, war er außer Atem.

Trotzdem rannte er zu dem Parkplatz, wo er den Jeep zurückgelassen hatte. Doch auf halbem Weg, an einem Taxistand, entdeckte er sie.

»Cyn!« Sie kam zu ihm, offenbar überrascht, ihn zu sehen.

»Hallo.«

»Hallo? Ist das alles, was du zu sagen hast?«

Seine ärgerliche, laute Frage lenkte die Aufmerksamkeit der Leute, die für ein Taxi anstanden, auf sie. Er ergriff Cyns Arm und zog sie aus der Schlange heraus.

»Wieso bist du einfach abgehauen? Und wo willst du hin?«

»Zurück aufs Zimmer.«

»Ohne mir etwas zu sagen?«

»Du warst beschäftigt.«

»Damit, dir eine Flasche Wasser zu besorgen!«

»Ich habe gesehen, dass du mit den beiden Mädchen gesprochen hast.«

»Die habe ich rein zufällig getroffen.«

»Na ja, ich dachte ...«

»Dass ich sie angemacht habe?«

»Nun, es wäre ja nicht das erste Mal, dass du Frauen in einer Bar kennenlernst, oder?«

»Niemals zwei auf einmal!«

»Hör zu, Mann, wenn du mit deiner Frau etwas zu besprechen hast, dann geht woanders hin. Wir wollen das nicht hören.«

Eine kleine Gruppe von Leuten hatte sich um sie geschart. Worth schnauzte den Mann an, der es gewagt hatte, ihn zurechtzuweisen, und drängte Cyn mit einem halblauten Fluch zu dem geparkten Jeep.

»Verdammt, jage mir nicht noch einmal solche Angst ein«, knurrte er, als er ihr in den offenen Wagen half.

»Nur zu deiner Information, Worth«, erklärte sie verärgert, »ich bin eine erwachsene Frau und absolut in der Lage, mir selbst ein Taxi zu besorgen.«

»Du bist so naiv!«, wetterte er, während er startete.

»Hast du denn nicht bemerkt, wie dich die Kerle da drinnen reihenweise mit den Blicken ausgezogen haben?«

»Mit den Blicken ...«

»Jawohl! Eine gut aussehende Frau in einem Schuppen wie diesem, das ist doch wie ein Köder für die Haie! So wie du dich auf der Tanzfläche bewegst – das ist unheimlich aufreizend, Cyn. Wahrscheinlich hast du wirklich nicht gemerkt, wie viele Männer dich angegafft haben.«

Sie starrte ihn mit offenem Mund an, unangenehm an Joshs Ausruf erinnert, sie würde für sich werben, sich aber dann entziehen.

»Ich habe nichts Vorsätzliches getan, um ...«

»Und genau deshalb muss man ein Auge auf dich haben. Also lauf nicht einfach weg, ohne mir Bescheid zu sagen, wohin«, wies er sie zurecht. »Du hast mir eine Heidenangst eingejagt.«

Der Verkehr auf der Hauptstraße von Acapulco kam nur im Schneckentempo voran. Sie steckten fest. Während sie darauf warteten, dass eine Ampel weit vor ihnen umschaltete, tauchten wie aus dem Nichts ein paar Jungen auf und reinigten die Windschutzscheibe.

»Ich wollte dir keine Sorgen bereiten«, erklärte sie. »Ich dachte, wenn ich einfach verschwinde, tue ich dir einen Gefallen.«

»Einen Gefallen? *Gracias, gracias*«, murmelte er und warf jedem der Jungen eine Münze zu. »Aber jetzt ab durch die Mitte.«

Er legte den ersten Gang ein, konnte den Wagen jedoch nur wenige Meter vorwärtsrollen lassen. Ein LKW war mitten auf der Kreuzung liegengeblieben; nun stauten sich die Autos in allen vier Richtungen.

»Ich habe dir schon vor unserem Abflug gesagt, dass ich dir nicht im Weg sein will«, erklärte sie, als Worth wieder herunterschaltete. »Du hast mich heute den ganzen Tag unterhalten. Zuerst am Strand, dann mit der Einkaufstour, und dann haben wir bei Sonnenuntergang noch die Cliff Divers gesehen.«

»Das wollte ich doch auch.«

»Ich dachte, ich verziehe mich und lasse dich den Abend auf deine Art verbringen … na ja, was du eben mit diesen beiden Frauen vorhattest.«

Er warf ihr einen vernichtenden Blick zu und lehnte es höflich ab, einem Straßenhändler eine Decke abzukaufen, der sich den Stau ebenso zunutze machte wie zuvor die Jungen.

»Ich wusste nicht, dass du so eine schlechte Meinung von mir hast. Ich habe ein paar wilde Sachen gemacht, Cyn, aber was mich einer *Ménage à trois* am nächsten brachte, das war die Nacht mit dir und Tim in Houston.«

Verdammt! Er wünschte, Tim wäre ihm nicht in den Sinn gekommen. Schon wieder nagte ein Schuldgefühl an ihm wegen der Gedanken, die er den ganzen Tag lang gehabt hatte. Seine erste Reaktion auf Cyns Verschwinden war nicht Angst um sie gewesen, sondern Eifersucht.

Die Vorstellung, dass ein anderer mit ihr tanzen, ihre Haut berühren, ihren Duft genießen würde, hatte ihn rotsehen lassen. Welches Recht hatte er, sich eifersüchtig zu fühlen? Besorgt, ja. Eifersüchtig, nein.

Der LKW war endlich beiseitegeschafft, und der Verkehr rollte wieder. Cyn legte eine Hand auf seinen Schenkel. Fast hätte er laut gestöhnt.

»Ich habe es nicht böse gemeint, Worth«, sagte sie in einem entschuldigenden Ton. »Ich hatte den Eindruck, dass du dich heute Abend nicht sonderlich amüsiert hast, weil du den ganzen Tag mich im Schlepptau hattest. Und da dachte ich, ich verschwinde ganz unauffällig und gebe dir eine Chance, zu … zu …«

»Eine Nummer zu schieben?«

Ihre Blicke trafen sich kurz. Sie machte eine kleine, zustimmende Bewegung mit den Schultern und zog rasch ihre Hand von seinem Schenkel zurück.

»Hör mal, Cyn, wenn ich etwas dergleichen vorhabe, dann sage ich dir vorher Bescheid, okay? Also, bis du diesbezüglich etwas von mir hörst, kannst du ruhig davon ausgehen, dass ich zufrieden bin.«

»Na schön.«

Sie hatten die Stadt hinter sich gelassen und fuhren wortlos die Küstenstraße entlang. Noch nie waren sie einem richtigen Streit so nahe gekommen. Ein beklemmendes Schweigen lastete auf ihnen. Worth überließ es ihr, ein neues Gespräch in Gang zu bringen. Was sie schließlich auch tat.

»Was hatten die eigentlich vor?«

»Wer?«

»Diese beiden Mädels.«

»Eine Tour durch die Clubs mit unanständigem Programm.« Er blickte sie an, um ihre Reaktion abzuwägen, und lachte dann über ihre Miene – eine Mischung aus Schock und Neugier. »Willst du etwa auch dorthin?«

Sie blinzelte mehrmals mit großen, runden Augen, dann beugte sie sich zu ihm und flüsterte aufgeregt: »Könnten wir?«

Er war so überrascht, dass er schallend lachen musste.

»Machst du Witze? Und Ladonias Zorn riskieren?«

»Sie bräuchte es ja nicht zu erfahren.«

»Aber wenn sie jemals daraufkäme, würde sie mir bei lebendigem Leib die Haut abziehen. Ich will nicht dafür verantwortlich gemacht werden, dich verdorben zu haben.«

»Tun sie es wirklich ...«

»Ja.«

»Wirklich? Ehrlich?«

»Ehrlich. Aber mehr werde ich dazu nicht sagen.«

Das Letzte, woran er erinnert werden wollte, war Sex. Aber als sie später auf der Terrasse bei Kerzenlicht noch eine Partie Gin-Rommé spielten, konnte er trotzdem an nichts anderes denken.

Sie lachten und neckten einander, doch ihm wurde ganz elend vor Schuld, weil er sich dauernd fragte, ob sie nach dem Umziehen unter ihrem T-Shirt noch einen BH anhatte. Dann, als die kühle Pazifikbrise bewies, dass sie ganz offensichtlich keinen trug, fühlte er sich sogar noch schuldiger, weil ihm ihre deutlich sichtbaren Brustwarzen ins Auge sprangen.

Nachdem das Licht gelöscht war, lag er steif auf seiner Seite des Betts, hielt ihr den Rücken zugewandt und verfluchte sich für seine niederen Triebe. Nur ein Mann von sehr schlechtem Charakter konnte Lust für seine beste Freundin empfinden – vor allem, wenn sie sich dieser Tatsache völlig unbewusst war.

Gott sei Dank war sie das. Gott sei Dank wusste sie nicht, dass er glaubte, sterben zu müssen, wenn er nicht mit seinen Fingern über ihre steifen Brustwarzen streicheln konnte; obwohl er sich lieber die Hand hätte abhacken lassen, als es wirklich zu tun und ihr zu nahezutreten.

Gott sei Dank wusste sie nicht, dass er sich jedes Mal, wenn er auf die leicht gerötete Stelle unterhalb ihres Ohrs blickte, lebhaft an den Geschmack ihrer Haut erinnerte. So kurz dieser Kuss gewesen war, hatte er sich doch deutlich in seinem Gehirn eingeprägt. Und so sehr er die Bedeutung dieses Kusses letzte Nacht auch kleingeredet hatte – er wollte ihn wieder erleben.

Seine Fantasien ließen sich nicht unterdrücken. Ebenso wenig wie seine körperlichen Reaktionen. Schließlich wurde ihm so unbehaglich, dass er das Bett verließ, auf die Terrasse schlich und sich in das kühlende Wasser des kleinen Pools gleiten ließ.

# 6

Das Geräusch von plätscherndem Wasser weckte sie auf. Sie schlüpfte aus dem Bett und ging auf die offenstehende Terrassentür zu.

»Worth?«

Er kauerte am gegenüberliegenden Ende des Pools.

»Habe ich dich geweckt? Entschuldige.«

»Was machst du?« Als ihr in den Sinn kam, dass diese Frage ziemlich dumm war, formulierte sie neu: »Wieso sitzt du mitten in der Nacht im Pool?«

»Ich konnte nicht schlafen.«

»Stimmt etwas nicht?«

Cyn stellte sich direkt an den Rand des Beckens. Worth ließ sich noch tiefer ins Wasser sinken, bis zum Hals.

»Alles in Ordnung. Ich konnte nur nicht schlafen. Geh wieder ins Bett. Ich komme nach.«

Sie zögerte und wünschte sich halbherzig, er würde sie einladen, sich zu ihm zu setzen. Da er jedoch offenkundig lieber allein sein wollte, zog sie sich bis zur Tür zurück.

»Dann bis morgen früh.«

»Okay. Schlaf gut.«

Sie trat auf etwas Weiches und erkannte die Shorts, in denen Worth geschlafen hatte. Sobald ihr die Schlussfolgerung aus dieser Entdeckung gegenwärtig war, ging sie rasch in die Suite zurück und schloss die Tür hinter sich.

Am nächsten Morgen musste sie andauernd daran denken, dass er mitten in der Nacht nackt gebadet hatte. Ihre hartnäckige Erinnerung war jedoch nicht allein daran schuld. Das Schicksal spielte ihr einen Streich.

Während sie auf der Terrasse saßen und an ihrem Frühstückskaffee nippten, konnten sie ein paar Etagen weiter unten am Hang einem Paar zusehen, das sich nackt in seinem Pool vergnügte.

Sie taten zwar beide so, als würden sie nichts Besonderes bemerken, doch ihre Blicke wanderten immer wieder zu dieser Terrasse. Dieses Spiel ging so lange, dass es schließlich unmöglich wurde, die Geschichte mit einer spaßigen Bemerkung und einem Lachen abzutun. Also beobachteten sie die beiden einfach weiter.

Das zärtliche Spiel des Pärchens endete mit einem anhaltenden Kuss. Schließlich verschwanden die beiden in Badetücher eingewickelt und eng umschlungen in ihrer Suite.

Worth stand abrupt auf.

»Lass dir ruhig Zeit.«

Er warf die Serviette auf den Tisch und verließ hastig die Terrasse. Einige Minuten später folgte Cyn ihm in die Suite. Er hatte inzwischen seine Strandklamotten angezogen und richtete gerade Badetücher und Sonnenlotion her.

Während der Fahrt zum Strand musste sie ihn ständig ansehen. Fasziniert verfolgte sie die Bewegungen seiner muskulösen Beine beim Kuppeln, Bremsen und Gasgeben. Hatten die Haare auf seinen Beinen immer diesen Goldton gehabt, oder hatte die Sonne sie gestern gebleicht und gleichzeitig seine Haut wunderbar braun gebrannt?

So sehr sie auch versuchte, ihre Aufmerksamkeit auf das unglaublich schöne Panorama zu richten, ihre Augen und ihre Gedanken gehorchten während der ganzen Fahrt einem eigenen Willen; sie wollten sich nicht von

Worths körperlicher Anziehungskraft und seinem Sexappeal lösen.

Von dem für sie reservierten Parkplatz spazierten sie zusammen zum Strand hinunter.

»Was hältst du von diesem Platz?«, fragte er sie, sobald sie eine nette freie Stelle gefunden hatten.

Cyn prüfte den Einfallswinkel der Sonne, die Entfernung zum Wasser und die Distanz zwischen ihnen und den anderen Sonnenanbetern und nickte. »Perfekt.«

Worth breitete die Strandtücher aus, sie setzte sich auf ihres.

»Soll ich dir den Rücken einreiben?«

»Nein, danke«, antwortete sie. »Heute ist meine Vorderseite dran.«

Er musterte sie von oben bis unten. Sein Blick löste in ihrem Bauch ein heftiges Kribbeln aus.

»Hast du ... äh, hat dir das Baden letzte Nacht Spaß gemacht?«

»Mhm. Tut mir leid, dass ich dich gestört habe.«

Sie hatte sich »gestört« gefühlt, ja, aber beileibe nicht so, wie er es meinte. Als er sich ausgestreckt auf den Rücken legte, fiel seine Magengrube vom Rippenbogen steil abwärts. Cyn wendete rasch den Blick von dem Streifen Haar ab, der von seinem Nabel abwärts in die Badehose hineinreichte.

»Du hast mich nicht gestört. Ich habe nicht einmal gemerkt, als du wieder ins Bett kamst.«

Das war gelogen. Sie hatte noch lange, nachdem er wieder ins Bett gekommen war, wach gelegen. Aber da sie wusste, dass auch er nicht schlief, hatte sie nicht gewagt, auch nur mit einer Wimper zu zucken, sondern war steif und angespannt dagelegen.

»Das Baden hat mich entspannt«, sagte er. »Ich bin danach fast augenblicklich eingeschlafen.«

Die dunkle Sonnenbrille verbarg nicht nur seinen Blick, sondern auch seine Lüge.

Es beunruhigte Cyn, dass sie seit Neuestem nicht nur überzogen höflich zueinander waren, sondern auch noch unehrlich. Wann war ihr unbeschwerter, kumpelhafter Umgangston in diese unbeholfene und gekünstelte Fremdheit umgeschlagen?

Sie konnte es genau festmachen. Ihre Beziehung hatte sich verändert, seit sie plötzlich Dinge bemerkte wie zum Beispiel das Spiel seiner Rückenmuskeln, wenn er ein Hemd an- oder auszog, oder die entzückende Form seiner Brustbehaarung oder die Art und Weise, wie seine blauen Augen leuchteten, wenn er lächelte, und ihre stechende Eifersucht jedes Mal, wenn eine andere Frau ihn anschaute.

Deshalb nämlich hatte sie gestern Abend so schnell die Disco verlassen. Natürlich, sie wollte seinem Vergnügen nicht im Weg stehen – aber sie hatte auch das Bedürfnis verspürt, ihm eine Ohrfeige zu verpassen und anschließend auf diese beiden koketten Mädels loszugehen.

Woher war sie gekommen, diese seltsame Eifersucht?

Zweifellos hatte Worth gemerkt, dass sie ihn fast ständig anstarrte. Bestimmt wusste er, dass sie beim Tanzen in seinen Armen fast die Besinnung verloren hatte. War seine Miene nicht düster und angespannt gewesen, als er sie zum Tisch zurückgebracht hatte?

Er ließ sie lediglich aus Loyalität nicht sitzen, und weil er eben ein Kavalier war, aber wahrscheinlich hätte er das gern getan. Eine Witwe, die sich nach der Aufmerksamkeit eines Mannes sehnte, war einfach zu bemitleidenswert, um sie unfein zu behandeln; deshalb hatte er sich entschlossen, nett und tolerant zu sein. Sie machte sich lächerlich. Bestimmt widerte ihn ihr Benehmen an, aber er war zu weichherzig, um etwas dagegen zu unternehmen.

Lieber würde sie sterben, als sein Mitleid zu ertragen. Doch sie sah keinen Ausweg aus ihrer misslichen Lage. Und wenn sie nicht durch an ihrer Eifersucht erstickte, dann an ihren Schuldgefühlen.

Ständig musste sie gegen den Impuls ankämpfen, sich an Tim zu wenden und ihm zu sagen: »Tut mir leid, aber ich kann plötzlich nicht mehr den Blick von Worth abwenden.«

Es war einfach zu dumm. Sie ärgerte sich über sich selbst, weil sie sich das eingestehen musste.

Allen ihren guten Vorsätzen zum Trotz schweifte ihr Blick immer wieder zu der neben ihr ausgestreckten Gestalt. Wanderte aufgewühlt Worths Beine hinauf bis zu der beeindruckenden Wölbung. Ein inneres Feuer verzehrte sie. Sie unterdrückte ein Stöhnen und stand hastig auf.

Er nahm die Sonnenbrille ab und sah sie fragend an.

»Ich denke, ich gehe mal zu dem Markt da drüben.« Sie deutete auf die Ansammlung strohgedeckter Dächer etwa eine halbe Meile weiter am Strand. »Ich brauche ein paar Souvenirs für Brandon und Ladonia.«

Worth schickte sich an aufzustehen, doch sie hielt ihn zurück.

»Du musst nicht mitkommen. Du siehst gerade so entspannt aus.«

»Bist du sicher?«

»Natürlich. Ich habe dich von dort aus die meiste Zeit im Blickfeld. Außerdem bleibe ich nicht lange weg.«

Sie zog sich etwas über, hängte sich die Handtasche um und marschierte los. Höflich lehnte sie es ab, von fliegenden Straßenhändlern Marihuana, Strohtaschen, Töpferarbeiten oder Ledersandalen zu kaufen, während sie den Strand entlangschritt.

Am Markt angekommen, spendeten die Strohdächer willkommenen Schatten. Diese Läden boten mehr Plunder an als die in der Stadtmitte am Tag zuvor. Aber das Einkaufen machte auch mehr Spaß, denn hier wurde erwartet, dass man feilschte. Zu Cyns Erstaunen war eine Stunde wie im Nu verflogen, und so machte sie sich auf den Rückweg.

Die Sonne brannte heiß, und vom Pazifik her wehte ein starker Wind. Cyn bekam ordentlich Durst, und so legte sie an einem offenen Verkaufsstand eine Pause ein und bestellte für sich und Worth je einen großen, eisgekühlten Drink, den ein Junge ihnen an den Platz bringen würde.

Als sie Worth erreichte, war sie vom langen Barfußgehen im heißen Sand und vom Tragen der Handtasche und ihrer Einkäufe erschöpft. Sie ließ sich neben ihm auf die Knie sinken.

»Donnerwetter, ich bin richtig fertig, aber es hat sich gelohnt. Ich habe für Mutter ein Silberarmband gekauft, das ihr bestimmt gefallen wird. Und ich konnte nicht widerstehen, mir selbst auch eines zu kaufen. Brandon bekommt eine Peitsche. Glaubst du, dass ich das bereuen werde?«

Worth hatte sich nicht bewegt. Er sagte kein Wort.

»Worth?«

Sein Zwerchfell hob und senkte sich regelmäßig; er schlief friedlich. Cyn setzte sich auf die Hacken zurück und beobachtete ihn. Der Wind spielte mit seinen Brusthaaren und den dunkelblonden Strähnen auf seiner Stirn. An seinem Hals hatten sich kleine Rinnsale aus Schweiß gebildet, die sich in der V-förmigen Einbuchtung unterhalb seines Kehlkopfes sammelten. Auf seinen Lippen lag der Anflug eines Lächelns. Ein Blick seinen Körper hinunter ließ erahnen, weshalb.

»Worth?«

»Hmmm?«

Er schniefte und atmete tief durch, sodass seine Brust noch breiter wurde. Noch immer nicht richtig wach, legte er eine Hand auf ihren Schenkel und rieb daran auf und ab.

»Worth?«, wiederholte sie unsicher. Ihre Stimme war so dünn, dass der Wind sie forttrug.

Langsam kam er zur Besinnung.

»Hallo«, murmelte er schläfrig.

»Hallo.«

Jetzt erst bemerkte er, dass seine Hand zart ihren Schenkel drückte; er zog sie rasch zurück und setzte sich auf.

»Ich, öhh, ich bin wohl eingeschlafen ... habe geträumt. Du bist schon wieder da? Wie spät ist es?«

Er nahm die Sonnenbrille ab, fuhr sich über das Gesicht und legte sich so beiläufig wie möglich ein Badetuch über den Schoß.

»Wie lange warst du weg?«

»Etwas über eine Stunde.«

Über die Schulter sah sie den Strandjungen mit ihren Getränken kommen.

Gott sei Dank, dachte Cyn. Sie hatte zuvor schon einen trockenen Mund gehabt, aber das war nichts gewesen im Vergleich zu jetzt.

»Etwas zu trinken?«

»Hm? Oh ja. Das sieht prima aus. Danke.« Er gab dem Jungen ein Trinkgeld und nahm einen großen Schluck.

»Ich sehe, du warst erfolgreich«, bemerkte er mit einem Blick auf ihre Einkäufe.

Sie wiederholte, was sie gekauft hatte. Als sie die Peitsche erwähnte, grinste Worth.

»Mit der Peitsche und der Pistole, die ich ihm vor unserer Abreise gekauft habe, wird er jede Menge Terror verbreiten.«

Cyn seufzte. »Daran habe ich nicht gedacht.«

»Ich denke, ich muss dann auch mal zu diesem Markt gehen und ein paar Kleinigkeiten für ihn, Ladonia und Mrs Hardiman besorgen.«

»Ich komme mit. Ich kenne die besten Stände.«

»Du bist eine gute Feilscherin, was?«, neckte er sie.

»Die beste. Oder die schlimmste, je nach Standpunkt.«

Sie fürchtete sich davor, ihr Oberteil auszuziehen, aber schließlich fasste sie Mut.

Doch danach fühlte sie sich sofort exponiert, verletzlich, zurückhaltend und scheu.

Um ihre lächerliche, unbegründete Scham zu verbergen, sagte sie mit mehr Enthusiasmus, als sie es eigentlich wollte: »Da gibt es Pferde, die man stundenweise mieten kann. Ein Ausritt am Strand, das wäre vielleicht schön. Was meinst du?«

»Klingt gut. Das sehen wir uns später an.«

Doch aus dem Ausritt wurde nichts. Und sie kauften auch keine Souvenirs mehr. Die Sonne, der Alkohol in den Drinks und ihre gemeinsame eigenartige Stimmung, die sie sich nicht erklären konnten, führten zu einer herrlichen Entspanntheit.

Sie ließen den heißen Nachmittag vorüberziehen, nahe beieinander auf ihren Strandtüchern liegend, und versuchten – mit wenig Erfolg – zu vermeiden, einander anzustarren.

»Was immer du willst, ist okay.«

»Sag es mir.«

»Mir ist es egal.«

»Irgendetwas musst du doch mögen.«

Seit sie vom Strand zurück waren, beschäftigte sie die Frage, was sie an diesem Abend tun sollten. Sie hatten einige Möglichkeiten in Betracht gezogen, aber noch keine Einigung erzielt. Sie waren beide bereits geduscht, und nun saßen sie auf der Terrasse, schlürften Cocktails, die Worth an ihrer Bar gemixt hatte, und schauten zu, wie der pazifische Horizont die gigantische, glühendrote Sonne verschlang.

Worth trug Shorts, Cyn noch den Morgenmantel, den sie nach dem Duschen übergezogen hatte. Um die nassen Haare hatte sie ein Handtuch geschlungen wie einen Turban. Die Füße hatten sie beide auf ein schmiedeeisernes Cocktailtischchen gelegt.

»Wenn man eine Stunde vorher bestellt, bekommt man auf der Terrasse ein Candle-Light-Dinner serviert. Dann müssten wir uns nicht erst anziehen ...«

Als Worth Cyns ängstlichen Blick aus großen Augen bemerkte, verfolgte er seinen Vorschlag nicht weiter.

»Oder wir gehen aus«, ergänzte er. »Hier ist ein Restaurantführer.«

Er blätterte durch das bunt bebilderte Büchlein.

»Was möchtest du gern essen, heimische Küche oder europäisch? Meeresfrüchte? Was?«

»Wie wär's mit dem Restaurant hier im Hotel?«

Worth warf einen Blick in den Prospekt, den er auf die Terrasse mitgebracht hatte.

»Europäisch, vier Sterne, mit einem herrlichen Blick auf die Bucht und Livemusik«, las er aus der Broschüre vor. »Was meinst du?«

»Das wäre ein Kompromiss. Wir könnten zu Fuß hingehen und müssten uns nicht wieder durch den Verkehr quälen.«

Sie hatte keine Lust auf ein lärmerfülltes Restaurant und viele Leute. Aber ein intimes Candlelight Dinner auf der Terrasse würde zur reinen Tortur werden. Sie hatte sich Abwechslung in ihrem Leben gewünscht, etwas, das die langweilige Gleichförmigkeit ihres Alltags durcheinanderwirbeln würde. Aber sie hatte nicht damit gerechnet, dass Worth der Auslöser dafür sein würde. Und dass sie statt mit einer kleinen Abwechslung mit einem wahren Gefühlssturm konfrontiert würde, auch damit hatte sie nicht gerechnet.

Bisher hatte sie sich noch nicht ganz lächerlich gemacht, doch in dieser exotischen und verführerischen Umgebung mit ihm allein zu sein, konnte leicht zu einer Veränderung der Lage führen, die sie später bedauern würde. Ihre Freundschaft war zu kostbar, um sie aufs Spiel zu setzen.

Offenbar wollte auch er nicht mit ihr allein sein.

»Gute Idee.« Er legte die Broschüre auf den Tisch.

»Ich muss wieder dasselbe Kleid anziehen wie gestern Abend.«

»Wunderbar.« Er zuckte mit gespielter Gleichgültigkeit die Achseln und stand auf. »Noch einen Drink?«

»Nein, aber du kannst dir ja einen genehmigen, bis ich fertig bin. Ich brauche noch eine Weile.«

»Warum denn?«, fragte er auf eine Art, so frei und freundlich, wie ihre Beziehung früher immer gewesen war. »Warum brauchen Frauen immer so verdammt lange, um sich anzuziehen?«

»Weil die Männer von uns erwarten, dass wir jederzeit umwerfend aussehen«, erwiderte sie im selben unbeschwerten Ton. »Und das dauert nun mal Stunden.«

»Wirklich? Also, du hast verdammt gut ausgesehen, als wir vor einer Weile vom Strand zurückkamen, so vom Wind zerzaust und voller Sand und von der Sonne verbrannt.«

Sie sahen sich an und ließen die Blicke einige Sekunden zu lange aufeinander ruhen, um es noch als angenehm zu empfinden. Ihr anfängliches Grinsen verflog.

»Danke«, sagte Cyn schließlich verlegen und zog sich ins Badezimmer zurück.

Eine volle Stunde später waren sie endlich fertig zum Gehen. Im Kontrast zu ihrer nachgedunkelten Haut sah das weiße Kleid noch besser aus als am Abend zuvor. Worth trug ein Sportjackett aus Rohseide, eine dunkle Leinenhose und ein blassrosa Hemd. Sie gaben ein gut aussehendes Paar ab und prahlten scherzhaft damit, als sie die Suite verließen.

Das Restaurant befand sich etwa in der Mitte der Ferienanlage; zu Fuß war es eine gute Wegstrecke den Berg hinunter. Sie waren noch nicht sehr weit gekommen, als Cyn stehen blieb.

»Ich muss diese Absätze loswerden, sonst breche ich mir noch den Hals.«

»Soll ich zurückgehen und den Jeep holen?«

»Nein. Der Abend ist wunderbar zum Laufen, ich will nur nicht hinfallen. Gut, dass ich keine Strümpfe angezogen habe.« Sie hielt sich an ihm fest und zog die hochhackigen Sandalen aus.

Er lächelte auf ihre nackten Füße hinab.

»Die meisten Frauen wären nicht so praktisch. Ich mag dich, Cyn.«

Lachend fragte sie ihn: »Da kommst du jetzt nach all den Jahren darauf?«

»Nein. Ich mochte dich schon, als Tim uns damals bekannt machte.« Er beugte sich zu ihr und fügte neckisch hinzu: »Und damals wusste ich noch nicht einmal, dass du jeden Abend Zahnseide benutzt.«

»Dieses Spiel kann man auch zu zweit spielen, Mr Lansing!« Ihre Augen verengten sich zu grünen Schlitzen. »Fängst du immer an, mit einem Kissen herumzuwühlen und beförderst es bis zum Morgen ans Fußende des Betts?«

»Wie lange hast du schon diese Entzündung an deinem linken Fußballen?«

»Wann hast du denn angefangen, Babyshampoo zu benutzen?«

»Na, na. Wenn du anfängst, mein Babyshampoo schlechtzumachen, dann muss ich zurückschlagen.«

»Wie denn?«, stichelte sie.

»Zum Beispiel, indem ich herumposaune, dass du diese Strähnen um dein Gesicht mit Zitronensaft bleichst«, sagte er und zog an einer, die aus ihrem Pferdeschwanz herausgerutscht war.

»Du glaubst also, du kennst jetzt alle Geheimnisse um meine Schönheit?« Mit einem Lachen umarmten sie sich. »Ich mag dich auch, Worth.«

Danach ergriff er ihre Hand, und kameradschaftlich zusammen die Arme schwingend setzten sie ihren Spaziergang zum Restaurant fort. Vor dem Eingang zog Cyn ihre Schuhe an; dann wurden sie zu einem Tisch auf der Terrasse geführt, von dem aus man einen unvergleichlichen Blick über die Acapulco Bay und die Stadt hatte, die sich wie ein juwelenbesetzter Fächer um den Hafen ausbreitete.

Die Flamme ihrer Tischleuchte flackerte in der Brise vom Ozean. Über den benachbarten Bergen flammte immer wieder ein Wetterleuchten auf, doch ihr Kellner versicherte ihnen, es würde frühestens in einigen Stunden regnen. Der Donner rollte freundlich, anstatt zu drohen. Leise Harfen- und Flötenklänge bildeten einen angenehmen Hintergrund für ein köstliches Menü und ein anregendes Gespräch.

Aber immer, wenn sich ihre Blicke trafen, stockte die Unterhaltung.

»Jetzt musst du mich wahrscheinlich diesen Berg hinaufrollen«, stöhnte Cyn, als sie das Restaurant verließen. »Dieses Essen war einfach zu gut, um auch nur den kleinsten Bissen übrig zu lassen.«

Er stützte sie, als sie die Schuhe wieder auszog. Dann steckte er einen in jede Tasche seines Jacketts.

»Wir können uns für den Heimweg jede Menge Zeit lassen«, meinte er. »Niemand wartet auf uns.«

Und das taten sie auch. Sie bummelten dahin und blieben immer wieder stehen, um das sich mit jeder Kehre der Straße verändernde Panorama zu genießen.

Einer dieser Ausblicke war besonders schön, denn er umfasste die gesamte Bucht und die Stadt. Sie saßen auf einem Mäuerchen und genossen dieses Bild. Der Wind umspielte sie und drückte Cyns Kleid an ihren Körper. Zu fühlen, wie der Stoff gegen ihre Haut flatterte, war ein sinnlicher Genuss, doch sie verschränkte befangen sie Arme vor ihren Brüsten.

»Es ist so schön hier«, seufzte sie. »Danke, dass du darauf bestanden hast, mich mitzunehmen, Worth.«

»Die Freude ist ganz und gar meinerseits.« Seine Stimme klang belegt. Sie wandte sich ihm zu und bemerkte, dass er auf ihre Brüste starrte, die sie zu verbergen suchte.

»Ich habe jede Minute genossen.«

»Wirklich, Cyn?«

»Ja.«

»Gut, deshalb sind wir hierhergekommen.«

»Die Probleme, die mich in Dallas erwarten, scheinen unendlich weit fort zu sein. Hier oben fühle ich mich von der Wirklichkeit losgelöst.«

Er verzog schmerzlich die Miene.

»Bitte rede nicht davon, wie hoch oben wir sind. Denk an meine Höhenangst.«

Sie schob sich die vom Wind zerzausten Strähnen aus dem Gesicht. Ihr Pferdeschwanz hatte sich aufgelöst.

»Wenn du Höhenangst hast, warum wohnst du dann in einem Hochhaus?«

»Ich stelle mich nie ans Geländer, so wie du neulich am Abend. Solange ich hinausschauen kann, aber nicht geradewegs nach unten, ist es okay. Nur das Gefühl, quasi in der Schwebe zu sein, vertrage ich nicht.«

»Aber auf dem Flug hattest du doch auch keine Probleme.«

»Na ja, da war ich beschäftigt.«

»Womit?«

»Mit dir. Ich war so froh, dass du mitgekommen bist.« Er beugte sich näher zu ihr. »Sehr froh, Cyn.«

Sie wandte nervös das Gesicht von ihm ab.

»Du siehst heute Abend wunderschön aus.«

»Danke«, erwiderte sie mit belegter Stimme. »Aber würdest du bitte nach meinen Haaren sehen? Sie fallen ...«

»Cyn.«

»... herunter. Ich schaffe es nie, dass sie ...«

»Cyn.«

»... oben bleiben. Die Haarklammern rutschen immer ...«

Er beugte sich zu ihr und küsste sie zuerst auf das Ohrläppchen, dann dahinter. Berührte flüchtig ihren Mundwinkel mit seinen Lippen, kurz, wie in einem Experiment. Sie waren weich und warm. Cyn wünschte sich, den Druck seiner Lippen auf den ihren spüren. Ein Verlangen bäumte sich in ihr auf, so stark, dass sie nicht mehr atmen konnte. Eine sanft explodierende Begierde ließ ihre Körpermitte warm und schwer werden.

Doch sie bog vorsichtig den Kopf nach hinten und lächelte ihm ausdruckslos zu.

»Wir gehen besser zurück in die Suite, Worth.«

Worth blickte ihr tief in die Augen, lächelte bedauernd und nickte.

»Okay.«

Er ging nah neben ihr, jedoch ohne sie zu berühren.

Sie spürte zwar seinen Blick auf ihr ruhen, wagte es jedoch nicht, ihm zu begegnen. Der Weg den Berg hinauf war beschwerlich, doch ihr Herz hämmerte mehr, als es durch diese Anstrengung gerechtfertigt erschien. Als sie endlich den Eingang zu ihrer Suite erreicht hatten, war ihr schwindlig, und sie keuchte vor Atemnot.

Worth fasste um sie herum, schloss auf und folgte ihr hinein. Sie ließ ihre Handtasche auf einen Stuhl fallen. Dann wandte sie sich ihm zu, um ihm etwas zu sagen, doch im nächsten Augenblick hatte sie es vergessen, weil er sie mit beiden Händen berührte.

Er nahm ihr die Haarspange ab. Ihre Strähnen fielen über seine Finger; er vergrub sie darin und zog ihr Gesicht an seines.

Seine Lippen legten sich auf ihre. Sie spürte seine nasse Zunge. Mit einem leisen Wimmern hob sie die Hände an die seinen in der Absicht, sie von ihrem Kopf zu nehmen und zurückzuweichen. Stattdessen aber legte sie sie auf seine Hände und schob sich noch näher an ihn. Ihre Brüste drückten an seinen Oberkörper; ihre Schenkel berührten seine, sie spürte seine Erektion zwischen ihren Beinen.

Dann ging plötzlich alles sehr schnell.

Mit seinen Lippen die ihren öffnend, legte er den Kopf zur Seite und schob seine Zunge tief in ihren Mund. Sie stöhnte auf, ungläubig, erfreut, begierig. Seine Hände glitten an ihre Hüften und zogen sie noch fester an ihn, wanderten zu ihrem Po und pressten sie an seinen Körper, und dabei küsste er sie unablässig und voller Heißhunger.

Sie klammerte sich an ihn und erwiderte die Bewegungen seiner Zunge mit der gleichen hitzigen Begierde. Er ließ sie gerade lange genug los, um sich das Hemd aus der Hose zu ziehen und es aufzureißen. Ohne seine wilden Küsse einzustellen, öffnete er rasch seinen Gürtel und die Hose, dann zog er Cyn sofort wieder an sich.

Durch den dünnen Stoff ihres Kleides liebkoste er ihre Brüste. Damit nicht zufrieden, griff er hinter sie und öffnete den Verschluss.

Cyn gab einen leisen, ekstatischen Schrei von sich, als ihre erregten Brüste auf seinen behaarten, warmen Körper trafen. Worth ließ ein tiefes, gequältes Stöhnen vernehmen. Seine Lippen wollten sich noch immer nicht von den ihren trennen, und so schälte er sich unbeholfen aus dem Jackett und seinem Hemd. Dann fummelte er voller Ungeduld am Reißverschluss ihres Kleids herum, und als er endlich offen war, schob er es ihr über die Hüften, bis es von selbst zu Boden glitt. Er nahm sie in die Arme, hob sie aus dem Stoff heraus, der um ihre Füße lag, und trug sie zum Bett.

Sie fielen zusammen darauf. Er legte sich auf sie, küsste sie wie besessen und kämpfte sich aus seiner Hose. Als er diese schließlich los war, hielt er inne und blickte Cyn in die Augen.

Ihre Brüste erhoben sich aus dem Streifen weißer Haut, der ihre Sonnenbräune durchschnitt. Worth fluchte leise und ließ seine Hände über sie streichen, spielte zart mit den dunklen, erhobenen Spitzen, bedeckte sie mit Küssen und umfasste schließlich eine ihrer Brustwarzen mit den Lippen.

Ihr Rücken wölbte sich nach oben. Eine Hand unter ihr Kreuz legend, schob Worth sie nach oben, dann wanderte sein Mund über ihren Bauch nach unten. Er küsste ihn, küsste ihren Venushügel durch das Dreieck aus Seide, das ihn verhüllte, entfernte dann dieses und küsste das weiche, seidige Haar.

Herzschläge später pulsierte er in ihr. Er stemmte sich hoch und nach hinten, bis er auf den Knien war und sie auf seinem Schoß saß.

»Mach es schön für dich, Cyn«, flüsterte er rau, während sein offener Mund über ihre aufgerichteten Brustwarzen strich.

Cyn schlang die Arme um seinen Kopf, drückte ihn fest an sich und presste ihre Hüften auf seine Schenkel. Ihr Körper umschloss seine Männlichkeit vollkommen. Als seine Zunge dann direkt um Brustwarzen kreiste, zersprang ihre Welt in kleine funkelnde Sterne.

Er legte sie auf das Bett zurück; sie rang keuchend nach Atem. Liebevoll lächelte er ihr ins Gesicht, strich die Strähnen feuchten Haars weg und drapierte sie eine nach der anderen auf das Kissen.

Doch innerhalb von Sekunden veränderte sich plötzlich seine Miene, wurde angespannt, intensiv, konzentriert. Er begann, sich in ihr zu bewegen, und weckte die Verzückung, die sie bereits verausgabt glaubte, wieder in ihr.

Während ihre Leidenschaft Cyn zum zweiten Mal verzehrte, hörte sie Worths heiseren Schrei.

# 7

Als Worth am nächsten Morgen aufwachte, war Cyn bereits angezogen und hatte gepackt. Sie saß steif auf einem Stuhl und beobachtete, wie sich seine Hand dort bewegte, wo noch vor Kurzem ihre Brust gewesen war. Er suchte nach ihr in dem zerwühlten Laken und wurde wach, weil er merkte, dass sie nicht mehr in seinen Armen lag.

Dann setzte er sich auf, blinzelte noch etwas und bemerkte ihre angespannte Miene sowie das Gepäck zu ihren Füßen.

Und obwohl er augenblicklich die Antwort wusste, fragte er dennoch: »Was tust du?«

»Ich reise ab.«

»Richtig. Heute Abend.«

»Falsch. Mit der nächsten Maschine nach Dallas.«

»Also, Cyn ...«

»Du wirst mich nicht davon abbringen, also versuche es gar nicht erst.«

Sie stand auf und wandte sich von ihm ab, denn mit dem Laken um die Hüften – zerknittert, unrasiert, verschlafen, inmitten der Laken, die an ihre Liebesnacht erinnerten – sah er so verdammt sexy aus.

»Die Tickets sind für keinen früheren Flug gültig.«

»Sobald ich wach war«, erklärte sie ihm, »rief ich die Fluggesellschaft an und bot an, die Preisdifferenz zu bezahlen, wenn sie meinen Flug umbuchen würden.«

»Deinen Flug?«

»Richtig. Du musst den deinen nicht umbuchen. Bleib hier und genieße den Rest deines Wochenendes.«

»Wohl kaum.« Er schlug das Laken zurück und kam auf sie zu, packte sie am Arm und drehte sie herum, sodass sie seine schlanke Nacktheit betrachten musste. »Wir sind bei diesem Unternehmen Partner. Wenn du früher zurückfliegst, dann ich ebenso.«

Sie befreite sich aus seinem Griff.

»Na schön, tu, was immer du willst.«

Er stapfte ins Badezimmer und schloss die Tür mit einem lauten Knall. Cyn hörte, wie ihr Frühstück gebracht wurde. Der Gedanke, etwas zu essen, war abstoßend, doch während er duschte, sich anzog und packte, nippte sie auf der Terrasse an einer Tasse Kaffee.

Sie hörte, wie er die Fluggesellschaft anrief und seinen Flug umbuchte. Als ihr Tränen in den Augen brannten, schob sie die Schuld auf die aufsteigende tropische Sonne und die Reflektion von dem prächtigen weißen Stuck.

»Fertig?« Er erschien groß und breit in der Terrassentür. »Wir müssen sofort los, sonst versäumen wir die Maschine.«

Cyn widerstand dem Drang, ein letztes Mal die herrliche Aussicht zu genießen oder der Suite einen Blick des Abschieds zu widmen. Stattdessen stolzierte sie stoisch hinaus und setzte sich in den Jeep.

Worth übernahm das Auschecken aus dem Hotel und die Übergabe des Fahrzeugs. Sie ließ ihn machen und entschied, ihm ihren Anteil der Kosten später zu bezahlen, zu einem noch nicht feststehenden Zeitpunkt, wenn sie in der Lage sein würde, ihm in die Augen zu sehen, ohne zu sich zu entschuldigen oder in Tränen auszubrechen – momentan hatte sie das Gefühl, das eine oder andere könne jede Sekunde passieren.

Die Taxifahrt zum Flughafen war staubiger, lärmender und der Wagen noch voller als bei der Fahrt nach ihrer Ankunft. Sie bezahlten die Flughafengebühr und warteten in der Airport Lounge mit anderen müden, sonnengebräunten und streitsüchtigen Touristen, die nun, da ihr Urlaub zu Ende war, darauf aus zu sein schienen, mit jemandem in ihrer Muttersprache reden zu können. Es kam ihnen wie eine Ewigkeit vor, bis die Maschine endlich zum Einsteigen bereitstand.

Cyn hatte gehofft, dass sie wegen der Änderungen ihres Fluges nicht nebeneinander sitzen würden, doch Worth hatte offenbar dafür gesorgt. Sie setzte sich ans Fenster und schaute mit blindem Blick hinaus, bis sie die Flughöhe erreicht hatten.

Im Gegensatz zum Hinflug, bei dem Partystimmung geherrscht hatte, waren die Passagiere dieses Mal still und gedämpft, um nicht zu sagen ausgesprochen griesgrämig. Die meisten schliefen nach dem Frühstück ein.

Worth legte den Ellbogen auf die Armstütze zwischen ihnen und beugte sich zu ihr.

»Cyn, willst du jetzt nie mehr mit mir sprechen?«

»Natürlich. Rede nicht solchen Unsinn«, erwiderte sie, ohne den Blick von den Wolken draußen zu wenden.

»Wirst du mich auch wieder ansehen?«

Sie tat es, doch sein Grinsen und sein Versuch, sich unbeschwert zu geben, verärgerten sie.

»Ich kann dich ansehen, aber wahrscheinlich werde ich nicht in der Lage sein, mich selbst im Spiegel anzuschauen.«

»Warum nicht? Weil du mit mir geschlafen hast?«

»Pst! Warum borgst du dir nicht gleich das Mikrofon des Kapitäns, damit es jeder erfährt?« Sie blickte unruhig um sich, aber anscheinend hatte niemand mitgehört.

»Ich will nicht über das reden, was letzte Nacht passiert ist!«, flüsterte sie.

»Ich aber schon.«

»Dann wirst du ein Selbstgespräch führen müssen,

denn ich höre dir nicht zu!« Erbost wandte sie sich von ihm ab.

Minuten verstrichen. Sie hatte gedacht – gehofft –, dass er ihrem Wunsch entsprechen würde.

Doch plötzlich hörte sie seine leise Stimme direkt an ihrem Ohr: »Du wolltest ebenso sehr wie ich, dass es passiert, Cyn.«

Sie gab einen leisen Laut der Verletztheit von sich und sah ihn an.

»Auf wen bist du eigentlich wütend, Cyn?«, fragte er leise. »Auf dich, weil es dir gefallen hat? Oder auf mich, weil ich mich darum bemüht habe, dass es dir gefällt?«

»Es hat mir nicht gefallen!«

Das machte ihn wütend.

»Nein, natürlich nicht!« fuhr er sie an. »Du hast nur so getan und ich natürlich auch. Belüge dich selbst, wenn du meinst, dass es dir dann besser geht. Aber das ist es und wird es bleiben – eine Lüge! Du hast fast mein Leben aus mir herausgepresst, zweimal, also tu gefälligst nicht so, als hätte es dir keinen Spaß gemacht!«

Ihr Gesicht wurde feuerrot.

»Was ich meinte ist, dass es mir danach nicht gefallen hat!«

»Oh, ich verstehe«, erwiderte er voller Sarkasmus, »es hat dir nicht gefallen, wie wir ineinander verschlungen die ganze Nacht beisammen lagen, mit deinem Allerwertesten an meinem Unterleib und meiner Hand auf deinem Busen!«

Sie legte ihre kalten, feuchten Hände an die flammendheißen Wangen. Die Erinnerung an die Momente des Erwachens während der Nacht, weil seine Fingerspitzen sanft mit ihrer Brustwarze spielten, war ihr mehr als gegenwärtig. Jedes Mal hatte sie geschnurrt wie eine Katze und sich an ihn gedrückt, bevor sie wieder eingeschlafen war. Es war richtig gemein von ihm, sie so deutlich darauf zu stoßen, mit welcher Wollust sie seine Zärtlichkeiten genossen hatte.

»Beim Licht des Tages besehen«, bemerkte sie angespannt, »erkenne ich, wie leichtsinnig ich war. Ich schiebe nicht alle Schuld auf dich. Obwohl du weit mehr Erfahrung hast in ... in ...«

»Fleischlichen Genüssen?«

Mit »Genüssen« war nicht einmal annähernd beschrieben, was er ihrem Fleisch entlockt hatte. Aber obwohl sie über ihre Widerspenstigkeit sogar selbst die Stirn runzeln musste, fuhr sie dennoch verbissen damit fort.

»Wir wurden Opfer der Umstände und des Klimas und der romantischen Umgebung. Das ist alles.« Steif und geziert wie eine alte Schulmeisterin fügte sie hinzu: »Ich will es einfach vergessen.«

»Na schön.«

»Gut.«

»Dann vergessen wir es.«

»Okay. Genau das habe ich eben gesagt.«

Sie schlug die Zeitschrift auf, die sie zuvor im Flughafen gekauft hatte. Zu ihrer Erleichterung legte Worth den Kopf zurück und schloss die Augen. Mehrere Minuten verstrichen, in denen sie zu lesen und er zu dösen vorgab.

Schließlich drehte er den Kopf zu ihr.

»Cyn?«

»Hmm?«

»Ich glaube, ich werde es nie vergessen.«

Verzweifelt legte sie eine Hand an die Stirn.

Er berührte tröstend ihr Knie.

»Es war einfach zu gut.«

»Tatsächlich?«

Ihr Kopf war hochgeschnellt, und das Wort rutschte

heraus, noch ehe sie wirklich entscheiden konnte, was sie tun oder erwidern würde. Wäre sie absolut ehrlich mit sich gewesen, dann hätte sie eingestehen müssen, dass ein großer Teil ihres Ärgers von ihrer Unsicherheit herrührte. Worth hatte mit Dutzenden von Frauen geschlafen, Frauen, die jünger und schöner und begehrenswerter waren als sie. Der Gedanke, wie sie im Vergleich dazu abgeschnitten hatte, beschäftigte sie.

»Ja, es war unglaublich toll. Einfach phantastisch.« Dann fasste er sich wieder und zuckte mit gespielter Gleichgültigkeit die Achseln. »Für mich jedenfalls schon. Für dich, äh, für dich nicht?«

Unfähig, ihn anzusehen, schloss sie die Augen und nickte nur. Wäre sie nicht so sehr in ihrer eigenen Unsicherheit befangen gewesen, sie hätte die seine bemerken müssen.

»Natürlich, Tim ist der einzige Mann, mit dem du mich vergleichen kannst.«

Sie biss sich auf die Unterlippe.

»Lass Tim aus dem Spiel«, sagte sie unnachgiebig und schüttelte den Kopf.

»Ich weiß, wie du dich fühlst, Cyn«, sagte er von einem schweren Seufzer begleitet. »Oder glaubst du, ich bin so ein Klotz, dass ich mich nicht schuldig fühle dafür, dass ich mit seiner Frau geschlafen habe?«

»Witwe.«

»Richtig!«, rief er im Flüsterton. »Seiner Witwe. Seiner Witwe seit zwei Jahren. Während der ganzen Zeit, während der ganzen Zeit, die du mit ihm verheiratet warst, hatte ich nie auch nur einen einzigen anzüglichen Gedanken hinsichtlich deiner Person. Ich schwöre es dir.«

»Das weiß ich.«

»Also, warum fühle ich mich dann so verdammt schuldig wegen letzter Nacht?«, fragte er. »Ich habe nicht an

Tim gedacht, als ich dir beim Abendessen gegenübersaß, als ich sah, wie sich deine Miene im Schein der Kerzen veränderte, und ich mir wünschte, ich könne deine Haare auf meiner Haut spüren und deinen Mund küssen, während du dieses Dessert verschlungen hast.«

»Hör auf, Worth.«

Ohne auf ihre Qual Rücksicht zu nehmen, beugte er sich zu ihr und senkte die Stimme weiter.

»Cyn, als sich dein Mund unter meinem öffnete, als ich deine Brüste berührte, da warst du das Einzige, woran ich dachte. Nicht an Tim, nicht an sonst irgendjemand. Du warst so warm und wunderbar, so …«

»Hör auf, bitte.«

»Nichts auf der Welt hätte mich davon abhalten können, mit dir zu schlafen, selbst wenn Tim zur Tür hereingekommen wäre.«

Sie hielt sich die Ohren zu; er zog ihre Hände weg.

»Vielleicht müssen wir unsere Einstellung zu ein paar Dingen überdenken, aber es gibt nichts, weshalb wir uns schuldig fühlen müssten.«

»Nichts?«, fragte sie schwach. »Worth, es erschreckt mich, dass ich so haltlos reagiert habe. Ich habe so etwas noch nie zuvor gemacht.«

»Ich weiß.«

»Ich war so völlig außer …«

Es war, als wenn man mit hundert Kilometern pro Stunde in eine Betonwand kracht. Genauso plötzlich brach ihr Satz ab, und ihre Gefühle verschwanden hinter einer Fassade. Für einige Augenblicke atmete sie nicht einmal, sondern starrte ihn nur mit leerem Blick an.

»Was hast du gesagt?«

»Wann?«

»Gerade eben. Du sagtest, ›Ich weiß‹, als ich sagte, dass ich so etwas noch nie gemacht habe.«

»Oh, das.« Er begann, unruhig auf seinem Sitz herumzurutschen, und räusperte sich verlegen. »Ich meinte nur, dass ... du weißt schon, dass du nicht querbeet durch die Betten ziehst.«

Sie musterte ihn weiter mit wachsendem Misstrauen.

»Hat Tim dir jemals etwas über unsere privaten Dinge anvertraut?«

»Nein. Hör mal, möchtest du etwas zu trinken? Ich sage der Flug ...«

Cyn packte ihn am Arm.

»Hat Tim dir jemals etwas über unsere privaten Dinge anvertraut?«

»Wir waren die besten Freunde, Cyn«, antwortete er wehmütig. »Du weißt doch, wie Jungs reden. Sie treffen sich, trinken ein paar Bierchen, das Thema kommt auf Frauen, und schon fangen sie an, Sachen zu sagen, die sie eigentlich gar nicht meinen.«

Tränen traten ihr in die Augen, doch es waren Tränen der Wut, nicht der Trauer.

»War Tim unzufrieden mit mir im Bett? Hat er dir das gesagt?«

»Nein.«

»Worth!«

Er nagte an seiner Lippe.

»Okay, vielleicht hat er mal etwas in der Richtung fallen lassen. Welcher Ehemann wünscht sich nicht hin und wieder eine Frau, die im Bett ein wenig kreativer ist?«

Sie schluckte mehrmals, um ihre Übelkeit zu unterdrücken. Ihre Brust fühlte sich an, als würde sie implodieren.

»Tim war mit unserem Sex unzufrieden?«

Worth murmelte eine ganze Reihe von Flüchen vor sich hin.

»Habe ich das gesagt? Nein! Alles, was ich gesagt habe, war, dass Tim – und ich glaube, das war kurz nach Brandons Geburt – dass er bemerkte, euer Sexualleben sei nicht mehr so aufregend, wie es sein könnte. Dass du dich nicht mehr so für ihn erwärmen würdest wie …«

»Er sagte, ich sei kalt?«

»Doch nicht ›kalt‹!«, hielt er ihr gereizt entgegen. »Dreh mir nicht die Worte im Mund herum, Cyn. Tim hat lediglich genörgelt, dass es ein wenig schal geworden sei. ›Routine‹, sagte er; ich glaube, das war das Wort, das er benutzte.

Ich hielt ihm entgegen, das sei zum Teil seine eigene Schuld«, fuhr er fort. »Weißt du, wenn die Frauen Kinder haben, sehen manche Männer sie nur mehr als Mütter anstatt als sexuelle Wesen. Ich riet Tim, dich wie eine Geliebte zu behandeln, und dann würdest du dich auch wie eine solche verhalten.«

Cyn zitterte vor Wut.

»Wenn es um Frauen geht, bist du nie um eine Antwort verlegen, was, Worth?«

»Was soll denn das jetzt heißen?«

»Du wolltest selbst testen, ob ich ein ›sexuelles Wesen‹ bin! Du bist nur mit mir ins Bett gegangen, damit du aus erster Hand weißt, wie enttäuschend ich bin!«

Seine vorherigen Flüche verblassten im Vergleich zu denen, die er jetzt vor sich hinmurmelte. Dazu ballte er unwillkürlich immer wieder die Fäuste, und seine Augen blitzten vor Wut.

»Cyn, du weißt, dass das absoluter Blödsinn ist. Verdammt, das weißt du ganz genau!«

»Entschuldige mich. Ich muss zur Toilette.«

Sie kletterte über seine Füße in den Mittelgang. In der Toilette musste sie sich übergeben. Sie blieb so lange, bis sich ihr gesamter Mageninhalt entleert hatte. In ihren

Ohren dröhnte es lauter als die Motoren am Ende des Flugzeugs.

Während sie sich mit kaltem Wasser das Gesicht wusch, wünschte sie, Tim nur fünf Minuten lang sprechen und ihren Zorn über ihn ergießen zu können. Wie hatte er es wagen können, ihr Sexualleben mit Worth zu diskutieren? Ausgerechnet mit Worth! Dem Weiberhelden. Dem Playboy. Dem Lebemann!

Welchen Rat hatte Tim von einem promiskuitiven Single zu Eheproblemen erwartet? Wenn er etwas zu beanstanden gehabt hatte, warum war er dann nicht zu ihr gekommen? Sie war mit ihrem Sexualleben unheimlich zufrieden gewesen und hätte sich nicht mehr hintergangen fühlen können, wenn Tim eine Affäre gehabt hätte.

Aber Tims Vergehen war nichts im Vergleich zu dem, was Worth sich geleistet hatte. Er hatte die Informationen, die sein verstorbener Freund ihm anvertraut hatte, zu seinem Vorteil ausgenutzt. Sie hatte nicht gedacht, dass irgendein Mann so tief sinken konnte. Das einzige Unklare an der Sache war, wieso er so lange gebraucht hatte, um seine Neugierde zu befriedigen.

Zurück an ihrem Platz weigerte sie sich, mit ihm zu sprechen. Der Flug nach Dallas schien dreimal so lange zu dauern wie der nach Acapulco, aber schließlich und endlich landeten sie doch.

Sie schlüpfte an den anderen Touristen vorbei, stieß an mit Flitter besetzte Sombreros und andere bunte Souvenirs. Da sie nur Handgepäck hatte und auf keinen Koffer warten musste, war sie bei den Ersten, die sich beim Zoll anstellten. Das galt allerdings auch für Worth – er reihte sich in der Schlange direkt hinter ihr ein.

»Du hast einen falschen Schluss gezogen, Cyn. Tim hat das ein einziges Mal erwähnt, ich schwöre es dir. Wahrscheinlich hattet ihr gerade einen Streit gehabt oder so. Nichts Großartiges. Ich hatte nie mehr an dieses Gespräch gedacht, bis du mich darauf brachtest.«

»Na klar doch!«, entgegnete sie über die Schulter, ohne ihn eines Blickes zu würdigen.

»Das ist die Wahrheit. Ich habe gestern Nacht garantiert nicht daran gedacht.«

Sie wirbelte herum und fixierte ihn wutentbrannt.

»Du hast mich nach Acapulco gelockt ...«

»Ich habe dich nicht ›gelockt‹.«

»... weil ich eine der wenigen Frauen war, die du noch nicht im Bett gehabt hattest, richtig?«

»Falsch.«

»Du hast meine melancholische Stimmung ausgenutzt und mich überredet, mit dir zu fliegen, weil du in Erfahrung bringen wolltest, ob Tims Witwe so kalt und mies im Bett ist, wie er behauptet hat!«

Nun wurde Worth seinerseits zornig.

»Soweit ich es überblicken kann, hatte er keinen Grund, unzufrieden zu sein – jedenfalls nicht, wenn du ihn so hergenommen hast wie mich!«

Sie keuchte leise und schauderte, allerdings mehr wegen ihrer geradezu ekstatischen Erinnerung denn aus Scham. Mit bebender Stimme sagte sie: »Wenn du mir zufällig eine warme Reaktion entlockt hast ...«

»Warm! Das ist blanker Hohn. Feurig vielleicht, ja, heiß ganz gewiss. Auf jeden Fall eine ganze Ecke mehr als ›warm‹.«

»Wenn du von mir überhaupt eine Reaktion bekommen hast, dann kannst du dich meinetwegen daran weiden in dem Wissen, dass du deinen besten Freund beim einzigen Wettbewerb ausgestochen hast, der zwischen Männern wirklich zählt!«

»Der Nächste!«, rief der Zollbeamte.

Cyn trat vor den Schalter.

»Cyn, warte!« Worth trat über die gelbe Linie. Ein Beamter hielt ihn auf.

»Sie sind noch nicht dran, Sir.«

»Ich gehöre zu dieser Dame.«

»Ist sie Ihre Ehefrau?«

»Nein.«

»Dann warten Sie, bis Sie dran sind.«

»Verdammt!«

»Was war die Absicht Ihrer Reise nach Mexiko, Mrs McCall?«, fragte der Beamte hinter dem Schalter, während er ihren Pass aufschlug.

»Urlaub.«

»Haben Sie etwas zu verzollen?«

»Cyn!«, rief Worth.

»Zwei Silberarmbänder und eine Peitsche.«

Der Beamte stempelte ihr Einreiseformular ab. »Dankeschön.«

Sie sammelte ihre Sachen zusammen und ging Richtung Fahrstuhl.

Worth trat eilends an den Schalter.

»Ich war auf Urlaub in Mexiko, und ich habe nichts gekauft.«

Der Beamte studierte seinen Pass.

»Öffnen Sie bitte Ihre Tasche.«

»Aber …« Worth blickte um sich.

Der Fahrstuhl brachte Cyn nach oben und außer Sichtweite.

»Bitte öffnen Sie Ihre Tasche, Mr Lansing.«

Von diesem Ausgang des Wochenendes gründlich angewidert, öffnete Worth wütend den Verschluss seiner Reisetasche.

Vor ihrem Haus angekommen, bezahlte Cyn den Taxifahrer. Die Sonntagszeitung lag noch in der Einfahrt, was ungewöhnlich war, weil Ladonia sie sonst immer während des Frühstücks las.

Neugierig geworden, hob Cyn die Zeitung auf und ging zur Rückseite des Hauses. Die Küchentür war verschlossen, aber sie sah ihre Mutter am Herd stehen und gerade den Frühstücksspeck in der Pfanne wenden. Sie klopfte ans Fenster. Ladonia blickte über ihre Schulter und war überrascht, Cyn auf der kleinen Treppe zu sehen. Sie nahm die Pfanne vom Herd und beeilte sich, die Tür zu öffnen.

»Cyn, was in aller Welt …«

»Das ist eine lange Geschichte, Mutter.« Müde ließ sie alles, was sie in der Hand hielt, auf einen Stuhl fallen.

»Ich dachte, ihr kommt erst heute Abend zurück.«

»So war es auch geplant. Aber wir haben uns entschieden, früher zurückzukommen.«

»Wo ist Worth? Wie bist du nach Hause gekommen? Warum habt ihr eure Pläne geändert?«

Cyn hatte schon jetzt starke Kopfschmerzen. Die Fragen trafen sie wie Wurfgeschosse. Sie rieb sich die Schläfen und fragte: »Wieso hast du im Esszimmer für das Frühstück gedeckt?«

Durch den Küche und Esszimmer verbindenden Bogen war zu sehen, dass der Tisch mit frischen Blumen und Stoffservietten geschmückt und das gute Porzellan aufgedeckt war. Aus der Backröhre stieg ein herrlicher Duft auf, doch bei dem Gedanken an Essen drehte sich ihr sofort wieder der Magen um.

»Cynthia, bist du krank? Warum seid ihr früher zurückgekommen?«

»Das war eine ganz spontane Entscheidung.«

»War die Unterkunft so schlecht?«

»Eigentlich hat sie alle unsere Erwartungen weit übertroffen.«

»Sonnenbrand?« – »Ich habe Sonnenöl benutzt.« – »Montezumas Rache?« – »Nein.«

»Dann verstehe ich es nicht.«

»Wir wollten einfach nicht länger bleiben, das ist alles«, erwiderte sie kurz und knapp.

»Warum nicht?«

»Wo ist Brandon?«

»Wo ist Worth?«

Das Hin und Her von Fragen und Antworten machte sie krank.

»Worth und ich haben uns am Flughafen getrennt. Ich habe ein Taxi genommen.« Sie ging auf die Tür zu, die zu den anderen Räumen führte. »Ich sehe nach Brandon, dann dusche ich und lege mich ins Bett. Wir mussten unheimlich früh aufstehen, um diesen Flug zu kriegen. Ich erkläre dir alles später.«

Sie war noch einige Schritte von der Tür entfernt, als ihr plötzlich ein Mann entgegenkam. Er trug einen gestreiften Morgenmantel und lächelte äußerst zufrieden. Doch als sie sich so unerwartet gegenüberstanden, waren beide gleichermaßen schockiert.

»Cyn«, sagte Ladonia amüsiert, »ich denke, du kennst unseren Nachbarn, Mr Tanton.«

# 8

Natürlich kannte Cyn Mr. Tanton. Er wohnte nur zwei Häuser weiter in derselben Straße, schon seit Tim und sie dieses Haus gekauft hatten. Sein Garten erregte den Neid der ganzen Nachbarschaft, denn Charlie Tanton verbrachte täglich Stunden damit, seine Blumenbeete zu kultivieren und seinen Rasen, seine Bäume und Sträucher perfekt zu pflegen.

Charlie war freundlich und hilfsbereit, und jedes Kind, das Geld für einen guten Zweck sammeln oder Teilnahmekarten für eine Tombola verkaufen wollte, hatte leichtes Spiel mit ihm. Er sprach leise, war nett und konservativ – und die letzte Person, die Cyn an einem Sonntagmorgen im Morgenmantel in ihrer Küche erwartet hätte.

»Charlie, bist du soweit für den Kaffee?« Ladonia, die Einzige von ihnen, die gelassen blieb, schenkte ihm eine Tasse ein, ging um ihre erstaunte Tochter herum und gab sie ihm in die Hand. Dann tätschelte sie zärtlich seine Wange.

»Der Brunch ist fast fertig. Es macht dir doch nichts aus, wenn sich Cyn zu uns setzt, oder? Sie ist früher als geplant zurück …«

»Entschuldigt mich.« Cyn schoss an ihrem Nachbarn vorbei, der ebenso aus der Fassung zu sein schien wie sie. Zuerst lief sie in Brandons Zimmer. Sein Bett war gemacht, aber er war nirgendwo zu sehen.

Ladonia erreichte sie Sekunden, nachdem sie in dem Schlafzimmer angelangt war, das sie mit Tim geteilt hatte. Auf Anraten von Ladonia und Freunden war es allerdings kurz nach seinem Tod völlig umgestaltet worden.

Sobald Ladonia die Tür geschlossen hatte, fragte Cyn schroff: »Wo ist Brandon?«

»Er wurde gestern Abend eingeladen, drüben bei Shane Lattimore zu übernachten. Und heute nach der Sonntagsschule gehen sie in den Zoo.«

»Also hattest du sturmfreie Bude und konntest deinen Freund über Nacht hierher einladen.«

»Genau«, erwiderte Ladonia mit bewundernswertem Gleichmut.

Für ihre einundfünfzig Jahre war Ladonia Patterson eine ungewöhnlich attraktive Frau. Ihr Haar war ebenso karamellfarben wie das ihrer Tochter, doch sie tönte es schon seit Jahren kunstvoll, um graue Strähnen zu verbergen. Ihre Augen hatten die Farbe von Sherry. Sie war schlank und sah zehn Jahre jünger aus. Und sie war ein sehr praktischer Mensch mit der Eigenschaft, kein Blatt vor den Mund zu nehmen.

»Charlie und ich hatten uns schon seit Monaten vorgenommen, eine Nacht miteinander zu verbringen. Das war die erste Gelegenheit, die sich bot.«

Cyns Knie wurden schwach. Bestürzt über das unverfrorene Eingeständnis ihrer Mutter sank sie auf das Bett.

»Ich weiß nicht, weshalb du so aus der Fassung gerätst, Cynthia. Es war schließlich meine Party, die durch deine unangekündigte verfrühte Rückkehr verdorben wurde.«

»Wie ... wie lange geht das schon mit euch beiden?«

»Warte ...« Ladonia legte den Kopf schief und dachte nach. »Seit letztem Frühjahr, als Charlie mir einen wunderschönen Strauß Tulpen aus seinem Garten brachte.

Ich lud ihn daraufhin zum Kaffee ein, und er blieb über eine Stunde.«

Sie fasste sich an die Wange, die sich wie bei einem jungen Mädchen leicht gerötet hatte.

»Wir haben dann ständig dumme Sachen gemacht, Gründe erfunden, um am Haus des anderen vorbeizuspazieren, zum Beispiel. Oder wir sind jeden Tag anscheinend zufällig gleichzeitig zum Briefkasten gegangen und hatten so eine Entschuldigung, ein wenig miteinander zu plaudern. Er hat sich so viel Zucker ausgeliehen, dass ich ihm schließlich vorwarf, er müsse eine Schnapsbrennerei betreiben. Am Tag, nachdem er mir die Tulpen brachte, lud er mich in ein Restaurant zum Essen ein. Das war unser erstes offizielles Treffen.«

»Wo war ich? Wo war Brandon?«

»Du warst arbeiten, und Brandon hat uns begleitet.«

Sie runzelte wegen Cyns ungläubiger Miene die Stirn.

»Mein Gott, Cynthia, er hat mir auf absolut anständige Art und Weise den Hof gemacht. Nun sei doch nicht so prüde. Wir haben letzte Nacht zum ersten Mal miteinander geschlafen. Das hätten wir ganz sicher nicht getan, wenn Brandon im Haus gewesen wäre.«

»Du hast eine Affäre mit Charlie Tanton?«

»Das ist kein schönes Wort für das, was wir füreinander empfinden. Und ich kann auch nicht sagen, dass mir deine überaus kritische Miene und dein Ton gefallen. Ich bin allein. Charlie ebenfalls. Seine Frau ist vor sieben Jahren gestorben. Wir haben viele gemeinsame Interessen und verstehen uns ganz wunderbar.« Ihre Augen funkelten. »Er ist sehr anziehend, findest du nicht?«

Cyn fehlten die Worte.

»Letzte Nacht hat sich gezeigt, dass wir in allem gut zusammenpassen, und deshalb haben wir beschlossen, es offiziell zu machen.«

»Du ziehst bei ihm ein?« – »Natürlich nicht«, entgegnete Ladonia gekränkt. »Wir werden heiraten.«

»Heiraten?«

»Ja! Ist das nicht wundervoll?«

»Heiraten? Wann?«

»So bald wie möglich.«

Cyn trat ans Fenster, schob die Jalousien zur Seite und schaute hinaus, doch ihr Blick ging ins Leere.

»Einfach so?«, fragte sie und wandte sich wieder ihrer Mutter zu.

»O Gott. Charlie hat Bedenken geäußert, wie du es wohl aufnehmen würdest, aber ich ging einfach darüber hinweg. Du enttäuschst mich. Ich hätte nicht gedacht, dass du eines von diesen Kindern sein würdest, die Stiefeltern nicht akzeptieren können.«

»Das ist doch lächerlich!«

»Was ist dann los mit dir? Warum freust du dich nicht für mich?«

Cyn breitete in einer Geste der Hilflosigkeit die Arme aus.

»Es kommt so unerwartet, Mutter. So plötzlich.«

»Wir treffen uns seit Monaten.«

»Heimlich. Während ich weg bin, bei der Arbeit. Hast du Brandon bestochen, damit er nichts verrät? Und warum hast du mir nie etwas gesagt? Warum hast du es geheim gehalten?«

Sie lachte höhnisch.

»Hast du erwartet, ich würde ihn einfach übersehen, wenn er im Morgenmantel in unserer Küche auftaucht, als ob das etwas ganz Alltägliches wäre?«

»Ich sehe schon, du bist im Augenblick nicht in der Verfassung, darüber zu reden. Außerdem werde ich mir diesen Tag nicht von dir verderben lassen.«

Sie wandte sich zum Gehen.

»Mutter! Warum bin ich der letzte Mensch, der es erfährt?«

Ladonia drehte sich noch einmal um, mit stolz erhobenem Kopf.

»Also gut, Cynthia, wenn du schon fragst, werde ich dir sagen, warum ich meine Romanze vor dir verborgen habe: Ich habe mich schlecht gefühlt, weil ich ein neues Leben begonnen habe und du in deinem alten steckengeblieben bist.«

»Was?«

»Genau das ist der Grund für mein Schweigen. Ich bin sechs Monate nach dir Witwe geworden, aber ich habe mich wesentlich schneller wieder gefasst. Ich habe dich gedrängt, mit deinem Leben etwas anzufangen. Worth ebenfalls. Und all die anderen auch, denen etwas an dir liegt. Aber du hast nie die Initiative ergriffen. Du bist immer nur mit einer Leichenbittermiene herumgelaufen und hast darüber geklagt, wie langweilig und öde und unbefriedigend alles ist. Du schienst entschlossen, dich selbst bemitleiden zu wollen.«

Ladonia richtete sich noch etwas auf.

»Ich wollte das nicht. Charlie kam in mein Leben wie ein frischer Wind. Ich habe deinen Vater von ganzem Herzen geliebt. Das weißt du sehr gut. Und auch Charlie weiß das, ebenso wie ich weiß, dass er seine Kate über alles geliebt hat. Und gerade weil unser Leben so reich und erfüllt war, bevor wir uns trafen, können wir einander jetzt umso mehr Liebe und Glück schenken.

Es gibt viele Frauen in meinem Alter und auch wesentlich jüngere, die Charlie mit offenen Armen aufgenommen hätten.«

Es war nicht zu übersehen, wie ihre Augen vor Liebe und Glück sprühten. Cyn staunte, dass sie diese Lebensfreude ihrer Mutter nicht schon früher bemerkt hatte.

»Charlie denkt, ich bin schön und nett, und seit letzter Nacht findet er auch, dass ich im Bett prima bin. Und als er mir so gegen vier Uhr heute Morgen einen Heiratsantrag machte, habe ich ja gesagt. Und ganz ehrlich gesagt, Cynthia, ich habe nicht an dich gedacht, als ich ihm meine Antwort gab. Wenn sie dir nicht gefällt, dann ist das einfach nur schade.«

Sie machte mit einem Schwung und einer Eleganz auf dem Absatz kehrt, die einer Grande Dame des Theaters angestanden hätte, und ließ ihre Tochter stehen.

Cyn starrte auf die geschlossene Tür, bis ihr hämmernder Kopfschmerz sie ins Badezimmer drängte, wo sie zwei Tabletten nahm und Wasser in die Wanne einließ. Nachdem sie eine halbe Stunde gebadet hatte und ihre Schmerzen nachließen, zog sie sich an.

Von Ladonia und Charlie unbemerkt, betrat sie die Küche. Anstatt die Spülmaschine zu bemühen, hatten sich die beiden dafür entschieden, das Geschirr zusammen abzuwaschen und abzutrocknen. Sie lachten und scherzten miteinander. Cyn verspürte ein bohrendes Neidgefühl und hasste sich dafür.

»Mutter, Mr Tanton.« Die beiden drehten sich überrascht zu ihr um. Cyn faltete nervös die Hände vor sich.

»Ich ... ich möchte euch ... gratulieren«, beendete sie ihren Satz etwas matt.

»Dankeschön, Liebes«, erwiderte Ladonia wohlwollend, als hätte ihr Streit vorhin nie stattgefunden.

»Und zusammen mit meinen Glückwünschen akzeptiert bitte auch meine Entschuldigung für mein Verhalten vorhin.« Sie brachte ein kleines Lächeln zustande. »Ich war einfach zu überrascht.«

»Entschuldigung angenommen«, sagte Ladonia rasch. Sie bemerkte die Tränen in den Augen ihrer Tochter. »Möchtest du einen Kaffee? Er ist noch warm. Oder vielleicht wäre Tee besser. Du siehst trotz deiner Sonnenbräune ein bisschen blass aus.«

»Tee klingt gut.«

Charlie legte das Trockentuch weg und ging auf Cyn zu. Obwohl er nun angezogen war, konnte er ihr nicht richtig ins Gesicht sehen, und er zupfte sich verlegen am Ohrläppchen.

»Sie haben das vorhin wohl falsch verstanden, meine Liebe, aber das kann Ihnen wirklich niemand zum Vorwurf machen.« Jetzt blickte er ihr freundlich in die Augen, wenngleich seine Wangen noch immer vor Verlegenheit gerötet waren. »Ich möchte, dass Sie wissen, dass ich Ihre Mutter sehr schätze und respektiere, Mrs McCall. Ich hätte niemals etwas getan, und werde auch niemals etwas tun, das ihr Glück auf irgendeine Weise gefährden oder sie sonst in irgendeiner Weise verletzen könnte.«

Cyn legte die Hand auf seinen Arm.

»Ich habe überempfindlich reagiert, Mr Tanton, das war mein Fehler. Aber inzwischen habe ich die Neuigkeit akzeptiert, und ich freue mich sehr für euch beide. Meine Mutter verdient es, glücklich zu sein, und ich glaube, Sie machen sie sehr glücklich.«

Sein Lächeln signalisierte große Erleichterung.

»Gut. Ja, das ist wirklich sehr gut«, sagte er mit funkelnden Augen. »Dann nenne mich doch bitte von jetzt ab Charlie.«

»Ich bin Cynthia oder Cyn.« Sie reichten sich die Hände und lächelten sich freundlich zu.

Als Friedensangebot schenkte Cyn ihrer Mutter das mexikanische Silberarmband. Wie sie geahnt hatte, gefiel es Ladonia außerordentlich gut. Während sie ihren Tee trank und dazu einen übrig gebliebenen Heidelbeermuffin aß, sprachen sie über die Hochzeitspläne. Die beiden wollten eine kleine, intime Feier in Cyns Haus veranstalten, bei der nur die engsten Verwandten und der Priester anwesend sein sollten.

Bald darauf brach das Brautpaar in spe auf, um sich in Charlies Haus ein Fußballspiel anzusehen. Während die beiden Arm in Arm den Gehsteig hinuntergingen und es kaum schafften, den Blick voneinander zu wenden, stellte Cyn sich vor, dass sie von dem Spiel womöglich nicht viel mitbekommen würden, weil sie wahrscheinlich viel zu sehr miteinander beschäftigt sein würden.

Wieder fühlte sie etwas in ihrem Herzen, das jedoch mehr ein Sehnen war als Eifersucht. Sie wollte den beiden ihr Glück nicht nehmen, aber sie war eifersüchtig auf ihr Beisammensein, darauf, dass sie ein Paar waren und nicht nur zwei Einzelwesen.

Am Nachmittag wurde Brandon von den Eltern seines Freundes zurückgebracht. Er freute sich, seine Mutter wiederzusehen, war jedoch ebenso begeistert von seinem Besuch im Zoo. Die Peitsche, die Cyn ihm mitgebracht hatte, fand er »unheimlich cool«.

»Sie gefällt mir fast so gut wie die Pistole, die mir Worth gekauft hat«, rief er auf dem Weg nach draußen, um sie auszuprobieren.

Schon allein beim Hören seines Namens spannte sich Cyns Zwerchfell an; sie spürte deutlich eine Mischung aus Verlangen und Enttäuschung.

Ladonia kam rechtzeitig zum Abendessen nach Hause zurück. Sie aßen ein Fertiggericht und schauten dabei zusammen mit Brandon im Fernsehen einen Kinderfilm an. Irgendwann klingelte das Telefon.

»Das ist wahrscheinlich Charlie«, meinte Ladonia und stand auf, um den Anruf entgegenzunehmen. »Er sagte, er würde sich melden, sobald er seinen Kindern unsere Pläne mitgeteilt hat.«

Sie blieb mehrere Minuten lang am Telefon. Cyn hörte, wie sie lachte. Als sie wieder ins Wohnzimmer kam, sagte sie: »Es ist für dich.«

»Für mich? Wer ist es denn?«

»Worth. Ich schwöre dir, dieser Mann ist verrückt. Als ich ihm erzählte, dass ich heirate, tat er, als würde er zusammenbrechen und heulen.«

»Ich will nicht mit ihm reden.«

Ladonias breites Lächeln verschwand.

»Warum denn nicht?«

»Ich habe noch immer ein bisschen Kopfweh und fühle mich einfach nicht dazu in der Lage.«

Sie versuchte, gleichgültig zu klingen, merkte jedoch sofort, dass sie ihre scharfsinnige Mutter nicht täuschen konnte.

»Das ist nicht sehr höflich, Cynthia.«

»Tut mir leid. Aber ich will jetzt mit niemandem reden. Ich habe mich tagelang nicht mit Brandon beschäftigt.«

Brandon hätte nicht uninteressierter sein können. Er war vollkommen von dem Abenteuerfilm gefangen, in dem eine Familie eine Bootsfahrt auf einem Fluss unternahm.

Ladonia brachte sich mit verschränkten Armen vor Cyn in Position. Ihre Miene war die einer strengen Mutter, die die Wahrheit forderte.

»Was ist zwischen dir und Worth in Acapulco abgelaufen?«

»Nichts!«, rief Cyn. »Ich will im Moment nur einfach nicht reden!«

»Was soll ich ihm sagen?«

»Sag ihm, es ginge mir nicht gut. Nein, warte, sag ihm, ich wäre müde, weil ich letzte Nacht so wenig geschlafen habe. Nein, nein, sag das nicht. Sag ihm, ich würde ausgehen.« – »Also, was jetzt?«

»Sag ihm, ich gehe aus.« – »Ich werde nicht für dich lügen.«

»Dann sag ihm, ich habe zu tun und kann nicht ans Telefon kommen. Wenn er nur einen Funken Anstand im Leib hat, dann wird er dich nicht nach einer Erklärung fragen.«

Ladonia warf ihr einen vorwurfsvollen Blick zu, tat aber, was Cyn von ihr verlangte. Kurz darauf rief Charlie an. Ladonia blieb ewig am Telefon und lachte und schäkerte, als wollte sie die ganze Zeit, die sie ihre aufblühende Romanze geheim gehalten hatte, nun nachholen.

Nachdem sie Brandon zu Bett gebracht hatte, zog sich Cyn erleichtert in ihr Zimmer zurück. Sie hatte noch immer nicht ausgepackt.

Jedes Teil, das sie aus ihrer Tasche nahm, erinnerte sie in einer gewissen Weise an Worth und ihr gemeinsames Wochenende.

Zu dieser Bluse hatte er ihr ein Kompliment gemacht und gesagt, die Farbe würde ihre Haut zum Leuchten bringen. Und er hatte ihre Wange getätschelt.

Er hatte gesagt, in diesen Shorts würden ihre Beine besonders toll aussehen, und dabei leicht ihre Wade gedrückt.

In den Sandalen, hatte er gemeint, würden ihre Zehen »irre sexy« wirken, »zum Reinbeißen«. Dazu hatte er die Finger über ihre Zehen gleiten lassen.

»Wie schmeichelhaft!«, murmelte sie, die schwelende Glut ihres Zorns anfachend. Dann fügte sie hinzu: »Aber es hat ihm schließlich das gebracht, was er wollte, nicht wahr?«

Doch stärker als ihre Wut war ihr Gram. Als sie das Kleid auspackte, das zu kaufen er sie gedrängt hatte, das ihm so sehr an ihr gefallen hatte – und das er ihr später mit solch leidenschaftlicher Hast ausgezogen hatte –, füllten sich ihre Augen mit bitteren Tränen.

Danach, in ihrem vertrauten Bett, versuchte sie, sich mit Erinnerungen daran zu trösten, wie Tim und sie sich geliebt hatten. Sicher, räumte sie ein, es hatte Zeiten gegeben, in denen sie wahrscheinlich ein wenig mehr die Initiative hätte ergreifen können.

Aber auch solche, in denen er aktiver hätte sein können. Er hatte sich schließlich auch nicht immer zu hundert Prozent eingebracht, aber hatte sie sich darüber jemals beschwert? Auch ihr hatte manchmal die Erfüllung gefehlt. Die Erde hatte nicht jedes Mal gebebt. Die Sterne hatten nicht immer all ihr Feuer über sie ergossen.

Und ganz bestimmt niemals so wie letzte Nacht.

Kaum dass ihr Verstand diesen treulosen Gedanken hervorgebracht hatte, schwächte sie ihn sofort ab. Ihre plötzlich aufbrandende Leidenschaft hatte einen ganz einfachen Grund. Es lag sehr lange zurück, dass sie mit einem Mann zusammen gewesen war, das war alles. Man stelle sich vor, wie viel Verlangen eine gesunde junge Frau in zwei Jahren aufstauen konnte. Kein Wunder also, dass ihre Reaktion auf den ersten Mann, der sie berührte, so explosiv ausgefallen war.

Doch sie zweifelte, ob es so wirklich stimmte. Seit Tims Tod hatten auch schon andere Männer versucht, sich ihr sexuell zu nähern, neulich erst Josh Masters. Und in seinen Armen war sie nicht schwach geworden …

»Der Teufel soll dich holen, Worth Lansing«, flüsterte sie mit einem leisen Stöhnen in ihr Kissen, rollte sich auf die Seite und zog die Knie an die Brust.

Aber obwohl sie ihn verfluchte, sehnte sie sich danach, seinen starken Arm auf ihrem Körper zu spüren, seine Hände, die ihre Hüften umfassten und sie hielten. Die Erinnerungen an seine Küsse waren intensiv; sie schloss die Augen und spürte erneut den Druck seiner Lippen auf ihren Brüsten und seine Zunge, die wild und leidenschaftlich über ihre Haut glitt.

Nie mehr würde sie eine solche hemmungslose, ungezügelte Liebesnacht erleben. Die Folge davon war nicht nur, dass sie sich schämte. Nein, Worth hatte ihr auch andere Männer verleidet. Sogar Tim, dessen Liebe je nach Stimmung zärtlich oder leidenschaftlich gewesen war, verblasste im Vergleich mit ihm.

Er hatte sie auf dreifache Weise verletzt. Erstens, indem er ihren Körper dazu verleitete, sie zu verraten, zweitens, indem er sie auf ihren Mann wütend gemacht hatte, der sich dagegen nicht einmal mehr wehren konnte, und drittens, indem er ihr ihren besten Freund geraubt hatte. Diesen Verlust spürte sie fast ebenso schmerzhaft wie das Gefühl, benutzt worden zu sein.

Im dunkelsten Teil ihrer Seele hoffte sie, Worth möge es so schlecht gehen wie ihr, aber wahrscheinlich feierte er seinen Triumph. Er hatte schließlich erreicht, was er sich vorgenommen hatte.

»Ich wollte eigentlich eine Diätlimonade.« Worth blickte stirnrunzelnd auf das Glas Mineralwasser, das die geduldig leidende Mrs Hardiman ihm eingeschenkt hatte.

»Genau so etwas steht vor Ihnen.« Es war bereits Donnerstag, und sein ständiges Nörgeln stellte selbst ihre Nachsicht auf eine harte Probe.

»Es schmeckt aber nicht wie Diätlimo.«

»Das ist es aber«, entgegnete sie zunehmend schroff. »Sie sind schon die ganze Woche so unzufrieden. Was ist mit Ihnen los?«

»Nichts.« Grübelnd tauchte er mit einem Finger einen Eiswürfel in dem Glas unter.

»Ich dachte, Sie freuen sich über die guten Umsätze, die Sie diese Woche gemacht haben.«

Er zuckte mit den Schultern und schwieg.

»Sogar dieses fette Portfolio haben Sie bekommen.«

»Die Alte musste ich lange genug hofieren«, knurrte er.

»Sie meint, Sie seien einfach hinreißend. Das hat sie mir gesagt, als sie gestern Nachmittag vorbeikam. Aber sie musste ja auch nicht mit Ihrem Benehmen klarkommen, so wie ich diese ganze Woche.« Mrs Hardiman reichte ihm einen Untersetzer für sein Glas. »Irgendetwas stimmt doch nicht mit Ihnen. Ist es Ihr Liebesleben?«

»Nein, verdammt!«, rief er und korrigierte seine nachlässige Sitzhaltung. »Mein Liebesleben ist bestens, danke.«

Sie musterte ihn skeptisch.

»Ich dachte, der Urlaub in Mexiko würde Ihnen guttun.«

»Na ja, hat er eben nicht.«

»Greta hat heute schon zweimal angerufen. Sie glaubt mir nicht mehr, wenn ich ihr sage, dass Sie entweder gerade nicht da sind oder auf der anderen Leitung sprechen. Mir gehen die Vorwände aus.«

»Sie werden dafür bezahlt, Vorwände für mich zu erfinden!«

Mrs Hardiman versuchte es anders.

»Ich glaube, Greta ist beleidigt, weil Sie ihre Anrufe nicht erwidern.«

»Na so was.«

Er war noch nicht ganz bereit, ihr zu verzeihen, dass sie ihn in letzter Minute versetzt hatte. Und nicht zuletzt hatte er eben deshalb seine beste Freundin verloren!

Greta war also sauer, weil er sie mied – na und? Weshalb sollte er der einzige Trottel in der Stadt sein, dessen Anrufe nicht erwidert wurden? Seit Sonntagabend hatte er jeden Tag ungefähr ein Dutzend Mal angerufen – ohne jede Resonanz.

»Also entweder Sie werden wieder genießbarer, oder Sie können mich feuern!«, erklärte Mrs Hardiman, als sie die Korrespondenz, die sie ihm zur Unterschrift gebracht hatte, wieder abholte.

»Wenn Ihnen die Arbeitsbedingungen nicht gefallen, warum gehen Sie dann nicht einfach?«, hielt er ihr missmutig entgegen.

An der Tür drehte sie sich noch einmal um und warf ihm den königlichen, gönnerhaften Blick zu, der normalerweise für widerspenstige Klienten und Lieferanten mit schlechten Manieren reserviert war.

»Ich bringe es nicht übers Herz. Ich trete keinen Mann, der schon am Boden liegt.«

»Weiber!«

Worth formte das Wort unhörbar mit den Lippen, sobald sie die Tür hinter sich geschlossen hatte. Welche Rolle sie auch immer im Leben eines Mannes spielten, sie machten ihm die Hölle heiß.

Er stand von seinem Schreibtisch auf und versuchte, ein paar Golfbälle einzuputten. Drei Fehlschläge hintereinander – das konnte nur eine Unebenheit im Teppich sein. Er stellte den Schläger beiseite und kickte den Basketball aus seinem Weg. Keines seiner Spielzeuge hatte ihn in dieser Woche aufheitern können.

Ein paar Mal hatte er überlegt auszugehen. Ihm fiel jedoch keine Frau ein, mit der er so gern zusammen gewesen wäre, dass sich die Mühe einer Verabredung gelohnt hätte. Und allein losziehen, um zu sehen, welche Ernte er in den üblicherweise von ihm besuchten Nachtclubs einfahren konnte, wollte er nicht.

Halbherzig hatte er an die Rechtsanwältin gedacht, deren Kanzlei sich im selben Gebäude befand, aber schon der Gedanke, sich an sie heranzumachen, hatte ein Gefühl der Müdigkeit in ihm aufsteigen lassen. Außerdem hatte er sie seit seiner Rückkehr aus Mexiko ein paar Mal in der Tiefgarage angetroffen und daraufhin beschlossen, dass ihre Beine gar nicht so spektakulär waren. Ihre Nase war zu lang, ihre Lippen zu dünn und ihre Haare zu lockig. Und ihr Blick nicht nur listig, sondern geradezu verschlagen.

Sie bewegte sich nicht leicht und geschmeidig wie ein Füllen, sie hatte kein lustiges Lachen und auch nicht diese Angewohnheit, sich die Lippen zu befeuchten, bevor sie etwas Wichtiges sagte. Sie war einfach nicht Cyn.

Cyn war die einzige Frau, die er sehen wollte; aber leider weigerte sie sich, mit ihm zu sprechen.

Wie konnte sie nur so dickköpfig sein zu glauben, er hätte nur mit ihr geschlafen, um zu zeigen, dass er mehr Leidenschaft in ihr entfachen konnte als Tim? Was für eine dumme, kindische Vorstellung! Typisch Frau!

Aber wenn das so dumm und kindisch war, warum machte er sich dann darüber Gedanken? Wieso kreidete er es nicht einfach der widerlich komplizierten weiblichen Psyche an, die seit Eva noch nie mit der Logik in Einklang gewesen war? Er hatte immer gedacht, Cyn sei über diese Art von Torheit erhaben, aber offenbar hatte er sich da getäuscht.

Irgendwann würde sie sich schon wieder einkriegen. So war es doch immer gewesen.

Und bis dahin zum Teufel mit dieser Sache. Er hatte genug davon, Trübsal zu blasen. Einer plötzlichen Eingebung folgend, nahm er sein Jackett von der Garderobe und stürmte durch die Tür seines Büros.

»Sie gehen heute früher?«, fragte Mrs Hardiman.

»Ich gehe zum Sport. Oh, und falls Greta morgen anruft, stellen Sie sie sofort durch.«

Cyn empfand tiefes Mitgefühl mit dem Mädchen, das ihr am Schreibtisch gegenübersaß. Die junge Frau passte nicht in das Schema ihrer Klientinnen. Die meisten von ihnen kamen aus nicht gerade wohlhabenden bis sehr armen Familien. Im Allgemeinen hatten sie wenig elterliche Fürsorge genossen und waren schon seit Beginn ihrer Pubertät sexuell aktiv.

Sheryl Davenport hingegen war die Tochter eines schwerreichen Immobilienmaklers aus North Dallas und seiner Frau, einer Angehörigen der oberen Zehntausend. Sheryls älteste Schwester war eine bekannte Anwältin; die andere war mit einem Mitglied des britischen Hochadels verheiratet – einem Mann, der mit dem Prinzen von Wales Polo spielte.

Die Umstände von Sheryls Zwangslage waren nicht tragischer als andere, doch wegen des hohen Bekanntheitsgrades ihrer Familie würden die Folgen wahrscheinlich mehr als katastrophal sein.

»Ich kann das Baby nicht einfach umbringen.«

Glänzendes, goldblondes Haar hing zu beiden Seiten ihres Gesichts herunter wie ein Vorhang, während sie in ein gesticktes Taschentüchlein schluchzte.

»Aber wenn ich meinen Eltern sage, dass ich schwanger bin, dann verlangen sie das von mir, das weiß ich ganz genau. Eine meiner Schwestern hatte eine Abtreibung, aber sie war älter, sie ging schon aufs College, als es passierte. Niemand außerhalb der Familie hat je davon erfahren, dafür hat Daddy rigoros gesorgt.«

Sheryl war hervorragend in der Schule; sie besuchte die erste Klasse eines exklusiven, privaten Mädcheninstituts. Sie war schön, gescheit und schrecklich aufgewühlt.

»Haben Sie mit einem Vertrauenslehrer an Ihrer Schule gesprochen?«, fragte Cyn vorsichtig.

»Nein! Um Himmels willen, nein, die würden mich

hinausschmeißen, und Daddy bekäme einen Anfall. Meine Mutter und meine beiden Schwestern waren auch auf dieser Schule.«

»Was ist mit dem Vater des Kindes, Sheryl? Weiß er Bescheid?«

»Nein.«

»Warum nicht?«

»Dem ist das egal.«

»Keine Möglichkeit einer Heirat?«

Sie lachte kurz und freudlos auf und schüttelte den Kopf.

»Nein. Das würde er nicht wollen.«

»Oh?«

»Wir waren kein Liebespaar – ich meine, ich habe ihn nicht geliebt.«

»Es war also keine Beziehung über einen längeren Zeitraum?«, fragte Cyn.

Sheryl schüttelte den Kopf.

»Haben Sie deshalb nicht verhütet?«

»Ja«, antwortete sie und strich sich das Haar aus dem Gesicht. »Sie müssen mir nicht sagen, wie dumm ich war. Das weiß ich bereits. Es ist einfach so passiert. Ich bin sicher, er ging davon aus, dass ich die Pille nehme. Er hat auch ein Kondom benutzt, aber, na ja« – sie lächelte wehmütig – »es hat nicht funktioniert.

Er ist Tennislehrer in unserem Club. Ein richtiger Frauenheld. Kein Heiratskandidat. Und sicher auch kein guter potenzieller Vater.«

Ein neuerlicher Schwall Tränen ergoss sich aus ihren wunderschönen, nordisch-blauen Augen.

»Mrs McCall, was soll ich denn bloß tun?«

Cyn legte die gefalteten Hände auf ihren Schreibtisch.

»Wenn Sie wählen könnten, ohne irgendetwas in Erwägung ziehen zu müssen außer Ihren eigenen Wünschen, was würden Sie dann machen, Sheryl?«

»Das Kind bekommen«, antwortete sie mit einem leisen, wehmütigen Lächeln.

»Und es behalten?«, fragte Cyn weiter.

Sheryl nickte.

»Weshalb?«

»Weil es mich lieben würde. Ich meine, Babys lieben ihre Mutter immer, stimmt's?«

Der Riss in Cyns Herz wurde noch etwas breiter. Sheryl brauchte bedingungslose Liebe, weil sie nie welche empfangen hatte.

»Dann sollten Sie es vielleicht tun.«

»Nein«, sagte das Mädchen schniefend. »Das geht nicht.«

Sheryl zum Austragen des Babys zu ermutigen hätte bedeutet, dass Cyn ihre Grenzen überschritt. Sie konnte mit ihren Klientinnen lediglich die Möglichkeiten herausarbeiten, die sich ihnen boten.

»Wenn eine Heirat nicht in Frage kommt«, sagte sie, »und Sie die Schwangerschaft nicht abbrechen wollen, gleichzeitig aber nicht das Gefühl haben, dass Sie das Kind allein aufziehen möchten, dann könnten Sie es zur Welt bringen und anschließend zur Adoption freigeben.«

»Das würde ich gern machen«, erwiderte Sheryl.

Sie stand auf und begann, in dem engen Raum zwischen dem Fenster und Cyns Schreibtisch auf und ab zu gehen.

»Wenn ich wüsste, dass mein Baby zu einem Ehepaar kommt, das sich lieb hat und das auch das Baby lieben würde, dann würde mir das sehr gefallen. Aber meine Eltern lassen mich das Baby nie austragen. Das würde alle Pläne zunichte machen, die sie für mich haben.«

»Was ist mit den Plänen, die Sie selbst für sich haben?«

Sheryl hielt inne und blickte Cyn perplex an.

»Ich habe keine.«

»Nun, ich denke, dann sollten Sie welche machen.« Cyn stand auf, kam um ihren Schreibtisch herum und legte eine Hand auf Sheryls Schulter.

»Ich würde mich freuen, dabei zu sein und als Vermittlerin zu fungieren, wenn Sie Ihren Eltern die Nachricht überbringen. Sie müssen aber nicht schon heute entscheiden, was Sie tun wollen«, fügte sie hastig hinzu.

Sheryls gequältem Gesichtsausdruck bei der Erwähnung eines solchen Gesprächs nach zu urteilen, mussten die Davenports wahre Monster sein. Sonst könnten sie ihrer jüngsten Tochter nicht derartig viel Angst und Entsetzen einflößen.

»Es ist noch Zeit. Sie haben vor ein paar Tagen erst entdeckt, dass Sie schwanger sind. Geben Sie sich eine Woche oder zwei, um sich mit dem Gedanken vertraut zu machen und sich Ihre Möglichkeiten zurechtzulegen.«

Sie drückte der jungen Frau eine Visitenkarte in die von Schweiß feuchte Hand.

»Wenn Sie zwischenzeitlich eine Frage haben oder auch nur reden möchten, rufen Sie mich einfach an. Okay?«

»Okay«, erwiderte Sheryl mit einem Seufzer der Entmutigung und nickte. »Danke, dass Sie mir zugehört haben.«

»Es wird sich alles zum Guten wenden. Sie werden sehen.«

Sheryl bedachte sie mit einem zweifelnden Blick und verabschiedete sich. Sobald die Tür ins Schloss gefallen war, setzte sich Cyn wieder an ihren Schreibtisch und stützte erschöpft den Kopf in die Hände. Es war Donnerstag und wahrscheinlich die schlimmste Woche, die sie seit Tims Tod erlebt hatte.

Alle ihre Fälle in dieser Woche waren besonders schwierig gewesen. Oder vielleicht war sie selbst in einer

Verfassung, in der ihr alles schwererfiel als sonst. Die Plattitüden, die sie dem jungen Mädchen angeboten hatte, hatten noch banaler geklungen als sonst ... und außerdem entsetzlich heuchlerisch.

Wie konnte sie solchen Menschen raten, in sexuellen Dingen Vorsicht walten zu lassen, wenn sie selbst nichts dergleichen getan hatte, als sie mit Worth ins Bett ging? Es war »einfach so passiert«. Nicht, dass das eine Entschuldigung gewesen wäre.

»Mrs McCall?«

Müde drückte sie den Knopf ihrer Sprechanlage.

»Ja?« Sie hatte gedacht, Sheryl Davenport sei für heute ihre letzte Klientin gewesen.

»Dr. Masters ist hier.«

Innerlich stöhnte sie, doch es fiel ihr keine akzeptable Entschuldigung ein, ihn nicht zu empfangen.

»Schicken Sie ihn herein.«

»Hallo.« Er kam eilends auf sie zu; in seinem weißen Laborkittel sah er wirklich gut aus.

»Hallo, Josh. Wie geht's?«

»Danke, gut.« Er setzte sich auf eine Ecke ihres Schreibtisches, sodass sie dahinter praktisch in der Falle saß. »Aber du siehst ein wenig abgespannt aus.«

»Es ist mal wieder so eine Woche.«

»Ich dachte, die letzte Woche war so eine.«

»Die auch.«

»Ich habe dich am Samstag angerufen. Deine Mutter sagte, du seist übers Wochenende weggefahren.«

»Ja, ich war weg, aber ich fürchte, das hat mir nicht allzu gut getan.«

»Du hast mich nicht zurückgerufen.«

Mehr als alles andere hasste sie es, in eine Position gedrängt zu werden, in der sie sich verteidigen musste – etwas, worin Josh offenbar besonders geschickt war.

»Als wir uns das letzte Mal sahen, hatten wir eine Auseinandersetzung, weißt du noch?«

»Ja, ich erinnere mich. Es ging um dein Sexualleben. Besser gesagt, um dessen Fehlen.«

Ihr Kinn rutschte ein Stückchen nach oben. Frostig fragte sie: »Woher willst du wissen, dass es mir diesbezüglich an etwas fehlt?«

Zu beobachten, wie sein einnehmendes Lächeln verschwand, besserte ihre Stimmung ein wenig. Sie stand auf und griff nach ihrer Handtasche.

»Ich war gerade im Begriff zu gehen.« Sie schaltete das Licht aus und hielt die Tür auf.

»Äh, ja sicher, ich komme schon.«

Er folgte ihr durch das Vorzimmer auf den Flur. Dann hatte er sich wieder gefasst. Er ließ eine Hand unter ihren Arm gleiten.

»Also, hast du mir so weit vergeben, dass wir zum Essen ausgehen können?«

Eher hätte sie sich Bambusspießchen unter die Fingernägel schieben lassen, als einen Abend mit diesen dreien zu verbringen: sich selbst, dem Doktor und seinem kolossalen Ego.

»Aber gern«, erwiderte sie und warf Josh ein strahlendes Lächeln zu. »Wann?«

Lieber sollte sie der Teufel holen, als dass sie diesen Supermann Worth Lansing glauben ließ, in Sachen Sex sei sie ein Fall für Mildtätigkeit und Nächstenliebe.

# 9

Er stand vor ihrem Haus, als sie dort ankam. Sie erkannte den einen Block entfernt geparkten schwarzen Sportwagen und stieß einen vernichtenden, sehr undamenhaften Fluch aus. Konnte er einen Wink nicht verstehen? Schließlich hätte sie seine Anrufe erwidert, wenn sie mit ihm reden wollte.

Noch schlimmer war, dass er sich vergnügt mit Brandon auf dem Boden des Wohnzimmers wälzte, als sie hineinkam, Handtasche und Aktenmappe auf einen Stuhl warf und die häusliche Szene mit einem finsteren Blick statt eines Lächelns bedachte.

»Hey, Mami, Worth ist hier!« – »Das sehe ich.«

Er lag bäuchlings auf dem Teppich, Brandon saß auf ihm und schlug mit einer Baseballmütze auf seinen Kopf und seine Schultern ein.

»Ich hoffe, du kommst, um mich zu retten!«, rief er ihr über die Schulter zu. Er schaffte es, sich auf die Seite zu rollen, dann packte er den Kleinen an den Hüften und hob ihn hoch. Brandon kreischte vor Vergnügen.

»Oh mein Gott«, keuchte Worth durch die zusammengebissenen Zähne, »du wirst immer schwerer. Als du noch ein Baby warst, konnte ich dich mit Leichtigkeit so packen und stundenlang hochhalten.«

Er ließ Brandon zu Boden und machte sehr zur Freude des Kleinen ein großes Theater daraus, sich aufzusetzen und nach Luft zu ringen.

»Noch einmal, Worth! Oder halte mich an den Füßen hoch, mit dem Kopf nach unten!«

»Lass ihn in Ruhe, Brandon! Er ist müde.« Cyn war der gereizte Unterton in ihrer Stimme selbst zuwider. Er machte die fröhliche Atmosphäre im Raum augenblicklich zunichte. Brandon blickte gekränkt und mit verwirrter Miene zu ihr auf.

»Vielleicht später«, meinte Worth und zerzauste ihm liebevoll die Haare. »Hilf mir mal beim Aufstehen.«

Brandon ergriff seine Hand und zog ihn hoch.

»Hallo«, sagte er zu Cyn und stopfte das Hemd in die Hose zurück, das beim Spielen mit dem Kleinen herausgerutscht war.

»Hallo.«

»Wie geht es dir?«

»Gut. Und dir?«

»Gut.«

»Wo ist meine Mutter?«

»Sie ist weggegangen, Charlie holen, damit sie mich ihm richtig vorstellen kann.«

»Aha.«

So sehr sie es vermeiden wollte, ihn anzusehen, konnte sie den Blick irgendwie doch nicht von ihm abwenden. Er war anscheinend gerade im Fitnessclub gewesen, denn er trug alte Jeans, ein verwaschenes Polohemd und uralte Seglerschuhe ohne Socken. Seine Haare waren verstrubbelt, als sei er mit offenem Fenster gefahren.

Sie hatte das Gefühl, sie dürfe ihm auf keinen Fall direkt ins Gesicht sehen, aber nicht die Kraft, seinem Blick zu widerstehen. Seine Augen bohrten sich in die ihren wie blaue Laserstrahlen auf der Suche nach der Wahrheit.

Schließlich wurde ihr langer Blickwechsel durch Ladonias Erscheinen unterbrochen, die stolz ihren Zukünftigen hereinführte. Die beiden Männer wurden einander vorgestellt und schüttelten sich die Hände.

»Charlie, Sie wissen, dass Sie mir das Herz brechen«, sagte Worth mit einem theatralischen Seufzer. »Ich bin seit Jahren hinter dieser Frau her.«

Ladonia tätschelte ihm liebevoll die Wange.

»Tut mir leid, Worth. Aber er war einfach zu verführerisch, um ihm zu widerstehen.«

Ihre Aussage brachte Charlie zum Erröten und Worth zum Lachen. Cyn wünschte, sie hätte mitlachen können. Aber mehr als ein gezwungenes Grinsen brachte sie nicht zustande.

»Charlie will mich heute Abend ausführen«, erklärte Ladonia, »als Entschädigung für die Abende, die er bei uns gegessen hat.«

Seit sie Cyn eingeweiht hatten, war er jeden Abend zum Essen gekommen.

»Jetzt ist ja Worth da, dann musst du nicht mit Brandon allein essen.«

»Ich bin sicher, Worth hat andere Pläne, Mutter.«

»Tatsächlich bin ich vorbeigekommen, um zu fragen, ob ich euch alle auf einen Hamburger einladen darf. Wie wär's, Ladonia? Charlie?«

»Mir ist alles recht, was Ladonia recht ist«, meinte Charlie leutselig.

Ladonia hängte sich an seinem Arm ein.

»Ich wäre lieber mit meinem Verlobten allein, wenn es dir nichts ausmacht, Worth.«

Er blinzelte ihr lasziv zu.

»Du lüsternes Luder, du. Verdammt, wenn ich mir dich bloß geschnappt hätte, solange ich eine Chance dazu hatte.« Er umarmte sie ungestüm.

Wenig später machten sich die beiden Verliebten auf den Weg. Cyn wandte sich unbeholfen an Worth.

»Du musst dich nicht verpflichtet fühlen, uns auszuführen.«

»Ich möchte aber. Deshalb bin ich hergekommen.« – »Unter den gegebenen Umständen, Worth …«

»Welchen Umständen?«

Sie empfand seine arglose Frage als eine reine Provokation. Wollte er, dass sie es ihm alles noch einmal von vorn bis hinten erklärte?

»Brandon, bist du mit McDonald's einverstanden?«

»Ein billiger Trick«, raunte sie ihm von der Seite zu, während Brandon zur Tür hinaus und auf Worths Wagen zurannte.

»Aber wirkungsvoll«, erwiderte er und zeigte ihr sein entwaffnendstes Lächeln. »Nach Ihnen, Mrs McCall.«

»Kann ich jetzt auf den Spielplatz gehen?«

»Es heißt, darf ich gehen, Brandon, und lass mich zuerst sehen, ob dein Gesicht sauber ist.« Cyn wischte kurz mit einer Papierserviette über seinen Mund, dann flitzte der kleine Mann hinaus.

»Pass an der Rutsche gut auf!«, rief sie ihm nach und seufzte dann resigniert ob der Zwecklosigkeit solcher Ermahnungen.

»Kaffee?« Worth entfernte die Plastikdeckel von den Styroporbechern.

»Danke.«

Sie nippten eine Weile stumm an ihrem Kaffee und schauten Brandon zu. Ein kleines Mädchen seines Alters kam gleichzeitig mit ihm an der Rutsche an; Brandon trat höflich zur Seite und ließ sie zuerst die Leiter hinaufklettern.

»Ein angehender Frauenheld«, bemerkte Worth mit einem leisen Lachen.

»Ich hoffe nicht.«

Er wandte den Blick vom Fenster ab und musterte nachdenklich Cyns ernstes Gesicht. Dann sagte er mit unverhülltem Zorn: »Weißt du, Cyn, normalerweise bringt es zwei Menschen näher zusammen, wenn sie miteinander schlafen, und treibt sie nicht auseinander.«

Seine überhebliche Feststellung machte sie wütend.

»Das kommt ja wohl ganz darauf an, weshalb sie miteinander schlafen. Und wir wissen ja, warum du mit mir geschlafen hast, nicht wahr?«

»Okay, ich gebe es zu. Ich bin Schmutz. Abschaum. Die niedrigste Lebensform auf diesem gesamten Planeten. Und, macht dich das glücklich?« Er rutschte heftig auf seinem orange-gelben Stuhl zurück; die Wut stand ihm ins Gesicht geschrieben.

»Ich habe dich nach Mexiko verschleppt, nur damit ich endlich die eine Frage beantworten konnte, die mich seit Jahren beschäftigt hat, die Frage nämlich, wie gut die Frau meines besten Freundes im Bett ist!«

Er schlug sich auf den Schenkel und wandte sich mit einem wütenden Schnaufen von ihr ab. Gleich darauf stützte er jedoch die Ellbogen auf den Tisch und konfrontierte Cyn erneut.

»Und jetzt, da wir geklärt haben, warum ich mit dir ins Bett bin – warum bist du denn mit mir ins Bett gestiegen?«

»Was?«

»Na, komm schon, raus damit! Was hat dich dazu getrieben?«

»Ich ...«

»Man könnte argwöhnen, du wolltest nur wissen, wie gut ich im Bett bin!«

»Ich habe nie ...«

»Ach, wirklich? Nie? Nicht einmal? Du hast Tim niemals zugehört, wie er sich über meine sexuellen Abenteuer ausließ, und dich gefragt, ob ich so gut bin, wie ich es behauptet habe? Wolltest du meine überragenden Fähigkeiten nicht selbst testen?«

»Du bist widerlich!« Sie griff nach ihrer Handtasche und schickte sich an zu gehen. Doch bevor sie von ihrem Stuhl gleiten konnte, packte Worth sie am Arm.

»Siehst du jetzt, wie verletzend eine solche Anschuldigung ist?«

Sein freundlicher Ton brachte sie eher zum Innehalten als seine Hand. Sie setzte sich wieder und legte die Handtasche beiseite. Einige Augenblicke lang musterten sie einander stumm, dann senkte Cyn den Blick.

»Es verletzt dich wirklich, nicht wahr?«

Er nickte langsam.

»Ja. Sehr.«

Sie stützte die Ellbogen auf den Tisch und das Gesicht in die Hände.

»Oh Worth, es tut mir leid«, sagte sie. »Ich weiß nicht, was in mich gefahren ist.«

Sein Lachen ließ sie aufblicken.

»Solltest du das nicht umformulieren?«

Cyn errötete und senkte den Kopf erneut.

»Ich hätte nicht dir allein die Schuld geben sollen. Ich brauchte einen Sündenbock. Dir die Schuld zuzuschieben, hat mein Gewissen erleichtert.«

»Gewissen? War es denn so schrecklich, was wir getan haben?«

»Ich fühlte mich schuldig deswegen, ja.«

»Weshalb, Cyn?«

»Wegen Tim natürlich.«

»Tim ist tot. Und seither ist eine mehr als angemessene Zeit der Trauer vergangen. Nein, deine Schuldgefühle kamen nicht davon, dass du mit einem Mann ins Bett gegangen bist. Nicht einmal davon, dass du mit mir ins Bett gegangen bist.« Er senkte seine Stimme beinahe bis zu einem Flüstern. »Der Grund für deine Schuldgefühle ist, dass es dir gefallen hat.«

Cyn biss sich auf die Unterlippe. »Stimmt's?« Sie nickte kläglich.

»Cyn«, sagte er leise und ergriff ihre Hand, »Tim würde niemals von dir erwarten, enthaltsam zu leben. Du warst erst siebenundzwanzig, als er starb. Glaubst du, er hätte wirklich erwartet, dass du für den Rest deines Lebens mit einem Keuschheitsgürtel herumläufst?«

»Nein, aber ich habe nicht gedacht, dass es so weltbewegend sein würde, wieder mit einem Mann zu schlafen. Ich wusste nicht, dass ich so enthemmt sein kann. Ich schätze, ich war superleicht zu beeindrucken.«

»Wie – die Zeit war reif, und ich, der große böse Wolf, nutzte die Gelegenheit?«

»Nein«, erwiderte sie mit einem heftigen Kopfschütteln. »Du hast mich nicht ausgenutzt. Ich hätte es verhindern können, wenn ich es wirklich gewollt hätte.«

»Dafür vielen Dank«, sagte er mit einem liebevollen Lächeln.

»Ich bin in letzter Zeit so unzufrieden. Als sich ein Ventil bot, habe ich es genutzt, ohne an die Konsequenzen zu denken.«

Sie machte eine Pause, dann fuhr sie wehmütig fort.

»Ich wollte, dass etwas passiert, aber ich habe nicht damit gerechnet, dass es ein Abenteuer für eine Nacht mit dir werden würde.«

Er schnitt eine Grimasse.

»Verdammt, du könntest wirklich ein schöneres Wort dafür finden.«

»Wie würdest du es denn nennen?«

»Weiß ich nicht genau, aber ich würde auf jeden Fall keine so herzlose Bezeichnung wählen. Ich habe in meinem Leben einige One-Night-Stands gehabt. Glaub mir, Cyn, was ich mit dir geteilt habe, das hat nicht in meinem Unterleib angefangen. Sondern hier«, sagte er und deutete auf seinen Kopf, »und dann hat es da mächtig an Fahrt gewonnen.«

Er setzte seinen Zeigefinger auf die linke Brusthälfte, über das Herz.

»Erst dann ist es unter die Gürtellinie gerutscht.«

Ihr Atem stockte.

»Bei mir war es auch so, Worth.«

»Also, dann hör endlich auf, Unsinn zu reden. Weißt du denn nicht, dass du mir mehr bedeutest als irgendein Flittchen, das ich in einer Bar aufgelesen habe?«

Unterdrückte Gefühle, die seit Tagen an die Oberfläche drängten, waren nun im Begriff, sich in Tränen niederzuschlagen. Bevor es so weit kam, lenkte sie das Gespräch auf ein anderes Thema, getröstet durch das Wissen, dass das, was geschehen war, seine Achtung für sie nicht geschmälert hatte.

»Und gleich anschließend an diese Geschichte kam die Ankündigung meiner Mutter, dass sie heiraten wird.«

»Und, passt dir das nicht? Noch einen Kaffee?«

»Nein, danke. Natürlich will ich das, aber es bedeutet noch mehr Durcheinander, noch mehr Veränderung.« Sie blickte ihn stirnrunzelnd an. »Klingt selbstsüchtig, wie?«

»Ein klein wenig.«

»Ich hasse mich dafür.«

»Was letzten Samstagabend anbetrifft, gibt es keinen Zweifel, oder?«

Brandon kam hereingestürmt, um am Trinkbrunnen einen Schluck Wasser zu sich zu nehmen, winkte ihnen zu und verschwand in aller Eile wieder.

»Er sieht aus wie Tim.«

»Ja, das stimmt«, räumte sie mit einem liebevollen Lächeln ein.

Worth drückte ihre Hand, die er die ganze Zeit nicht losgelassen hatte.

»Cyn, du musst wissen, dass ich in dieser Nacht nicht an Tim gedacht habe.« Nach Verständnis suchend blickte er ihr in die Augen. »Wenn mir Tim auch nur einmal in den Sinn gekommen wäre, hätte ich dich nicht angefasst. Das hätte ich nicht gekonnt. Du wärst seine Frau gewesen, nicht das verführerische Wesen, das mich so auf Touren gebracht ...«

»Worth!«

»Es stimmt aber. Du kannst mit mir über andere Punkte diskutieren, wenn es sein muss, aber eines ist absolut sicher, nämlich, dass ich dich einfach haben wollte. Und es gab eindeutige Beweise dafür, dass es dir mit mir ebenso ging. Richtig?«

»Richtig«, flüsterte sie.

»Als ich dich in dieser Nacht in den Armen hielt, deine Haut berührte, dein Haar roch, deinen Mund küsste, da wollte ich nur noch eines: mit dir schlafen. Nichts anderes spielte eine Rolle. Nur du und ich, Cyn. Kannst du damit nicht leben?«

Nichts hätte sie aus der Trance herausholen können, in die Worths ernste Worte sie versetzt hatten. Nichts – außer Brandon, der in der Tür erschien, beide Hände blutig aufgeschürft, weil er beim Springen von der Rutsche »falsch gelandet« war.

Ladonia war noch nicht zurück, als sie zu Hause ankamen. Worth erklärte sich mutig dazu bereit, Brandon, der nun müde und schlecht gelaunt war, in die Badewanne und danach ins Bett zu bringen. Der kleine Mann gab sich ausgesprochen tapfer, als Cyn ihm eine entzündungshemmende Creme auf die Handballen auftrug.

»Das Weinen hat er sich deinetwegen verkniffen – wie ein ganzer Mann«, sagte sie zu Worth, als sie die Tür von Brandons Zimmer zuzog. »Wenn du nicht da gewesen wärst ...«

Er presste seinen Mund auf ihren zu einem Kuss, der sie unerwartet und völlig unvorbereitet traf. Doch er blieb zärtlich und bestürmte sie nicht, sondern ließ ihr die Möglichkeit, ihn zu akzeptieren oder zurückzuweisen. Aber obwohl sie schwach wurde und gegen die Vertäfelung im Flur sank, obwohl es sie traf wie ein Hieb in die Magengrube, ließ sie den Kuss nicht intensiver werden.

»Nicht, Worth.«

»Was bedeutet schon ein Kuss unter Freunden?«, flüsterte er an ihrem Nacken, während seine Finger am Ausschnitt ihrer Bluse spielten, an den Knöpfen zupften und seine Knöchel zärtlich ihre Brüste massierten.

»Normalerweise nichts.« Sie entzog sich ihm und floh in einen besser erleuchteten, neutraleren Teil des Hauses.

»Heißt das, wir sind irgendwie außergewöhnlich?«

Beim Betreten des Wohnzimmers schaltete sie noch eine Lampe ein.

»Letzte Samstagnacht hat sich unsere Freundschaft verändert, Worth. Hast du das noch nicht begriffen, oder bist du einfach nur abgestumpft?«

»Du bist doch der Sturkopf. Du scheinst zu glauben, weil wir Sex hatten, könnten wir keine Freunde mehr sein.«

»Können wir auch nicht!«

»Wieso denn nicht?«

Sie warf den Kopf in den Nacken und knirschte frustriert mit den Zähnen.

»Weil das einfach nicht geht, deswegen. Es ist einfach alles anders seither. Ja, es tut mir weh, das zu sagen. Ich bedauere den Verlust unserer engen Freundschaft, aber das lässt sich nun eben nicht mehr ändern. Wir haben sie geopfert, wegen … wegen …«

»Weil wir die tollste Nacht miteinander verbracht haben, die wir beide jemals hatten!« Er rang um seine Fassung. »Also, wo ist das Problem?«

Sie wandte ihm den Rücken zu und beschäftigte sich mit den Figuren auf dem Schachbrett, das Ladonia und Charlie auf dem Spieltisch stehen gelassen hatten.

»Du bist ein Mann und ich bin eine Frau.«

»Ja, das weiß ich auch, Cyn.«

»Wir reagieren aufgrund unseres Geschlechts unterschiedlich auf solche Situationen.«

Er legte die Hände auf ihre Schultern und drehte sie zu sich herum.

»Ich bin nicht so begriffsstutzig wie du meinst«, sagte er in einem ernsten Ton. »Ich habe vier Tage lang über alles nachgedacht. Man kann es folgendermaßen zusammenfassen: Du scheinst nicht zu glauben, dass wir unsere Freundschaft dort fortsetzen können, wo sie aufgehört hat.«

»Richtig«, stimmte sie unter Tränen zu. »Das glaube ich nicht.«

»Nun, das stimmt nicht. Wir können das. Wir können alles tun, was wir uns vornehmen.«

Sie schüttelte den Kopf. »Das stimmt nicht, Worth.«

»Hör zu«, sagte er, rückte dabei näher an sie heran und strich mit den Fingern durch ihr Haar. »Ich verspreche dir, nicht mehr daran zu denken, wenn du mir das auch versprichst.«

»Aber man kann nichts dafür, wenn einem Gedanken einfach so in den Sinn kommen.«

»Genau aus diesem Grund ist der Gedanke an sich auch keine Sünde, es sei denn, du nährst ihn. Also, immer wenn mir durch den Kopf geht, wie seidenweich sich deine Haut im Vergleich zu meiner anfühlt, verscheuche ich diesen Gedanken und meditiere stattdessen über Blue-Chip-Aktien. Oder so etwas in der Art.«

Ihre Miene drückte Skepsis aus, doch sie wünschte sich verzweifelt, von ihm überzeugt zu werden.

»Ich habe es bedauert, dass mein bester Freund nicht mehr für mich da ist.«

»Ich auch.«

»Gerade diese Woche hätte ich dich gern angerufen.«

»Du bist so verdammt dickköpfig.«

»Aber Worth, ich glaube noch immer nicht, dass das funktioniert, auch wenn wir es noch so gut meinen.«

»Es funktioniert bestimmt, wir müssen uns nur dazu entschließen. Heute Abend zum Beispiel, als ich merkte, wie ich auf deine Brüste starrte, da gingen mir alle möglichen Bilder durch den Kopf. Ich ignorierte sie. Bald werde ich wahrscheinlich gar nicht mehr wissen, wie sehr sie auf meine Küsse reagiert haben. Und diese abgehackten kleinen Laute, die du machst, wenn du zum Höhepunkt kommst«, fügte er mit belegter Stimme hinzu. »Ich kann sie in meiner Erinnerung schon kaum mehr hören.«

Sie ließ aus ihrem sehnsuchtsvollen Wimmern ein Husten werden. Ihr Herz schlug quälend heftig.

»Ich musste daran arbeiten«, gestand er und berührte die Stelle an ihrem Hals, wo ihr rasender Puls sichtbar war. »Es ist alles eine Sache der Selbstbeherrschung.«

»Ich habe versucht, es zu vergessen.«

»Erfolgreich?«

»Mehr oder weniger.«

»Aber du erinnerst dich noch an etwas?«

»Mhm.« Sie nickte, so weit seine Hände eine Bewegung ihres Kopfes zuließen.

»Was zum Beispiel?«, flüsterte er heiser. »Wie es sich anfühlte, so miteinander verbunden zu sein? So perfekt ...« Er presste die Stirn an die ihre. »Ah, Cyn, daran erinnere ich mich auch.«

»Ich denke, das ist das Erste, was wir versuchen sollten zu vergessen.« – »Richtig.«

Er schob sie nicht weg, zog sie aber auch nicht näher zu sich. Nach einer kurzen Weile hatte sich ihr Atem wieder beruhigt.

»Hör mal, Cyn«, sagte er, an ihre Sentimentalität rührend, »wir haben Jahre der Freundschaft auf unserer Seite. So etwas findet man nicht so leicht, das wiegt viel schwerer als ein Liebesabenteuer. Wir können unsere frühere Beziehung nicht für eine fantastische Nacht im Bett opfern, oder?«

Cyn begrub das Gesicht in seinem Hemd.

»Warum haben wir es getan?«, murmelte sie.

»Wir haben uns von der romantischen Atmosphäre überwältigen lassen.« Er strich ihr tröstend über den Rücken. »So sind die Tropen nun mal. Die Stimmung dort ist verdammt verführerisch und hat ihre Wirkung, genau wie die Drinks, die so harmlos schmecken. Ehe man sich versieht, ist man völlig benebelt.«

Er schlang die Arme um sie. Zusammen wiegten sich ihre Körper zu einer Musik, die nur in ihren beiden Köpfen spielte.

»Das Meer und die Sonne haben unsere Sinne verzaubert, Cyn, und dazu kam noch der ungewöhnliche Umstand, dass wir uns das Zimmer teilten. Diese Kombination lullte uns ein, brachte uns dazu, dass wir übereinander herfielen und zusammen im Bett landeten.«

»Meinst du?«

»Was denn sonst? Zuvor waren wir doch noch nie aufeinander scharf gewesen.«

»Und das werden wir auch nicht mehr sein.«

Dem zuzustimmen, schien er weniger gewillt; er nickte lediglich.

»Wenn wir zulassen, dass unsere Freundschaft dadurch in Mitleidenschaft gezogen wird, dann müssen wir mit weitreichenden Konsequenzen rechnen. Es ist ja nicht so, als wären wir füreinander Fremde oder ein potenzielles Gesundheitsrisiko. Und du kannst auch nicht schwanger werden.«

Plötzlich ergriff er sie an beiden Armen und hielt sie von sich. In seinen Augen stand eine stumme Frage; dann senkte er den Blick auf ihren Bauch.

»Oder doch?«

Sie befreite sich aus seinem Griff.

»Natürlich nicht!«

Zumindest hoffte sie das.

»Also, siehst du? Dann kann alles so weiterlaufen wie bisher«, erklärte er glückstrahlend.

Mit seiner unbekümmerten Haltung wollte er sie aufmuntern und ihre Angst lindern. Aber stattdessen ärgerte er sie nur. Nachdem er ihr Selbstbild mit ein paar netten Worten wiederhergestellt und ihr schlechtes Gewissen mit einer plausiblen Rationalisierung seines und ihres Verhaltens besänftigt hatte, meinte er, er könne die ganze Geschichte in dem Gefühl ihrer sicheren Freundschaft als erledigt betrachten. Er hatte unbeschädigt überwunden, was sich für sie zu einem mächtigen Hemmschuh ausgewachsen hatte. Aber der Teufel sollte sie holen, wenn sie ihn das wissen ließ!

»Oh Worth, ich bin so erleichtert, dass du es so siehst«, sagte sie mit einem blendenden Lächeln. »Das macht es mir möglich, dir meine gute Nachricht mitzuteilen.«

»Eine gute Nachricht?«

»Josh – du weißt schon, der gut aussehende, reiche Gynäkologe – hat nicht aufgegeben. Er kam heute Nachmittag in mein Büro und hat mich für morgen Abend zum Essen eingeladen.«

Worths Lächeln gefror ihm förmlich im Gesicht.

»Wie nett. Er akzeptiert wohl kein Nein als Antwort, was?«

»Zum Glück nicht«, antwortete sie, legte dazu kokett eine Hand an die Kehle und lachte atemlos.

»Mein Liebesleben ist auch auf dem Weg der Besserung. Ich habe beschlossen, Greta zu verzeihen.«

Cyns Lachen erstickte langsam.

»Greta, das ist die, die …«

»Mich letztes Wochenende versetzt hat. Seither bittet sie mich um Entschuldigung.«

»Oh.«

»Das Beste an einer Kabbelei ist«, erklärte er überschwänglich, »wenn man sich danach wieder verträgt.«

»Ja, nicht wahr?«

Sie warf einen fragenden Blick auf ihre Armbanduhr, obwohl sie sich eigentlich ihn vorstellte – bis zum Hals in einem Kessel mit kochendem Öl.

»Oh Gott, sieh nur, wie spät es schon wieder ist! Ich muss darauf vertrauen, dass Charlie Mutter sicher nach Hause bringt.« Sie täuschte ein gigantisches Gähnen vor. »Ich kann nicht aufbleiben, bis sie kommt. Ich bin todmüde, ich muss ins Bett.«

Worth wandte sich der Tür zu.

»Das musst du mir nicht zweimal sagen«, brummte er bereits im Gehen.

»Wie bitte? Ich glaube, ich habe dich nicht ganz verstanden, Worth.«

»Ich sagte, ich habe morgen auch einen schweren Tag und sollte schleunigst in die Falle.«

»Bist du sauer? Du klingst jedenfalls so.«

Er ging so schnell, dass sie kaum Schritt halten konnte. An der Haustür blieb er so abrupt stehen, dass sie ihn anrempelte.

»Nein, ich bin nicht sauer. Wieso sollte ich denn sauer sein?«

»Ich weiß nicht.«

»Ich will nach Hause, das ist alles. Danke, dass du mich daran erinnert hast, wie spät es ist. Ich muss noch Greta anrufen und Pläne für morgen Abend schmieden.« Er beugte sich zu ihr und flüsterte: »Nicht, dass es wirklich einen Unterschied machen würde, was wir zuerst tun.«

Das war nicht misszuverstehen; sie fragte sich nur, warum sie nicht in der Lage war, ihn zu necken oder über seine sexuellen Tändeleien zu scherzen, wie sie es noch vor einer Woche getan hatte.

»Also gut, viel Spaß«, sagte sie gespielt unbeschwert.

»Oh, den werde ich haben.« Er schnippte mit den Fingern. »Was mich daran erinnert, dass ich auf dem Heimweg noch beim Drogeriemarkt vorbeifahren muss. Bloß weil ich letzten Samstag einen Fehler gemacht habe, heißt das noch lange nicht, dass ich unverantwortlich wäre. Wenn man so viele Frauen hat wie ich ... na, du weißt schon, was ich meine. Als Mann kann ich nicht vorsichtig genug sein.«

Er würde nicht halb so gut aussehen, dachte sie, wenn sie ihm jedes Haar einzeln ausreißen würde.

»Ich bin froh, dass du heute Abend vorbeigekommen bist, Worth, damit wir diese andere Sache aus der Welt schaffen konnten.«

»Welche andere Sache? Ach, du meinst, was in Mexiko passiert ist? Oh Gott, das habe ich doch schon vergessen«, meinte er mit einem teilnahmslosen Achselzucken.

»Ja, ja, ich auch!«

»Ich stehe direkt vor dir, Cyn. Du brauchst nicht zu schreien.«

»Ich freue mich nur so, dass wir immer noch Freunde sind.«

»Freunde. Na und ob! Bis zum bitteren Ende. Um eine Freundschaft wie die unsere zu zerstören, braucht es schon mehr als ein Techtelmechtel.«

Sie zeigte die Zähne in einem Versuch zu lächeln. »Wie nett du das sagst.«

»Na ja, du warst es doch, die es ein Abenteuer für eine Nacht nannte.«

»Und mehr war es auch nicht, richtig?«

»Absolut richtig. Gute Nacht.«

»Gute Nacht.«

»Oh, fast hätte ich etwas vergessen.«

Er griff in die Tasche seiner Jacke, holte eine Handvoll Papierschnipsel heraus und warf sie in die Luft. Wie Schneeflocken schwebten sie um ihre Füße zu Boden.

»Was ist das?«, rief Cyn.

»Der Scheck, den du mir geschickt hast, als Kostenbeteiligung.«

»Ich will meine Hälfte bezahlen.«

Sein Grinsen war widerlich selbstgefällig.

»Das hast du bereits getan.«

Sie knallte die Tür zu und hätte dabei fast seine Nase und die Spitzen seiner alten Seglerschuhe getroffen.

Schäumend vor Wut stürmte sie auf ihr Schlafzimmer zu. Sie versuchte, einen guten Grund dafür zu finden, weshalb sie sich nicht einem zügellosen Heulanfall hingeben sollte.

Ihr Sohn war glücklich und gut angepasst, aber er hatte keinen Daddy, und dieses Manko würde sich wahrscheinlich später einmal auswirken. Ihre Mutter heiratete, und das freute sie, aber wenn Ladonia zu Charlie zog, würde sie im Haus eine große Lücke hinterlassen.

Morgen war Freitag, das Ende einer grässlichen Woche, aber das bedeutete lediglich, dass sie nur noch einen Tag hatte, bis sie das Abendessen mit Josh Masters würde ertragen müssen.

Hemmungslos brach sie in Tränen aus.

# 10

Ladonias funkelnde braune Augen leuchteten besonders hell, denn sie wartete in ihrem Schlafzimmer auf den Beginn ihrer zweiten Hochzeitszeremonie.

»Du siehst wunderschön aus, Mutter.« Cyn konnte es mit Ehrlichkeit und Stolz sagen. »Das Kleid ist perfekt. Wie aus einem Roman von F. Scott Fitzgerald.«

Der goldbeige Georgette war an den Schultern des eng anliegenden Oberteils mit Perlen verziert. Der ausgestellte Rock fiel von der schmalen, durch einen breiten Bund betonten Taille weit nach unten. An jeder anderen Frau wäre dieser Schnitt einem Desaster gleichgekommen, doch Ladonia war schlank genug, um so eine Robe zu tragen.

»Danke, Cynthia. Du siehst auch fabelhaft aus.«

Cyns Kleid war in einem dunkleren Goldton gehalten als das ihrer Mutter, aber ebenso romantisch und feminin – ganz anders als die knappen Kostüme, die sie immer in der Klinik trug.

Sie hörten die Musik vom Band im Wohnzimmer einsetzen.

»O Gott«, seufzte Ladonia.

»Nervös?«

»Ziemlich. Ja. Meinst du wirklich, dass diese Ohrringe passen?«

»Sie sind perfekt.«

Cyn bewunderte noch immer die Diamanttropfen, die den Zweifel ihrer Mutter erregt hatten, und öffnete auf ein sanftes Klopfen hin die Tür. Da sie den Priester erwartete, trat sie überrascht einen Schritt zurück, als sie sich Worth gegenübersah. In seinem dunklen, dreiteiligen Anzug und dem hellblauen Hemd sah er fantastisch aus.

»Was machst du denn hier?«

»Ich hole die Braut ab.« Sein Blick ging über sie hinweg zu Ladonia, und er pfiff leise durch die Zähne. »Diesmal habe ich es wirklich vermasselt, weil ich dich so einfach davonkommen ließ.«

Er schritt an Cyn vorüber, die sich nach zwei Wochen ohne ein Wort von ihm noch immer nicht von dem Schock erholt hatte, ihn zu sehen. Früher hatten sie mindestens einmal pro Woche telefoniert, selbst wenn es nichts von Bedeutung zu bereden gab.

»Die sind von deinem Bräutigam, der, das muss ich von einem absolut objektiven Standpunkt aus sagen, umwerfend gut aussieht, wenn er auch ein wenig weiche Knie zu haben scheint.«

Er überreichte Ladonia ein wunderschönes Bouquet aus goldgelben Rosen, weißen Orchideen und Schleierkraut.

»Er ist so ein liebenswerter Mann.«

Sie bekam feuchte Augen, als sie liebevoll auf das Bouquet blickte.

»Er ist ein Glückspilz.« Worth umarmte sie kurz. »Bist du bereit, Liebes?«

Sie hängte sich bei ihm ein, dann drehten sie sich beide um und standen Cyn gegenüber.

»Wir sollten sie lieber nicht mehr warten lassen, Cynthia, sonst glaubt Charlie noch, ich kneife.«

»Was macht Worth hier?«

»Er ist der Brautführer.« Ladonia klopfte ihm liebevoll auf den Arm und lächelte ihm zu.

»Warum?«

»Weil ich ihn darum gebeten habe«, antwortete sie. »Er hat freundlicherweise zugesagt, und mein eigener Sohn, wenn ich denn einen hätte, könnte mich nicht besser begleiten. Aber ich denke, jetzt sollten wir es wirklich nicht mehr länger aufschieben, sonst werden die Gäste unruhig.«

Cyn machte auf dem Absatz kehrt und stakste den Flur entlang; für einen Hochzeitsmarsch war ihr Schritt allerdings etwas zu militant. Vor dem Wohnzimmer wartete sie, bis sie spürte, dass Ladonia und Worth hinter ihr waren, dann schritt sie im Takt der Musik auf den Priester und Charlie zu, die vor dem offenen Kamin warteten.

Sie hatte sich beim Schmücken des Raumes besondere Mühe gemacht und stellte nun erfreut fest, dass er im goldenen Licht der Nachmittagssonne, das durch die Jalousien drang, besonders romantisch wirkte. Überall standen Schalen mit Rosen; den gläsernen Couchtisch schmückte eine kristallene Vase mit Callas. Der Kaminsims war mit Blättern, Rosen und flackernden Duftkerzen dekoriert.

Die beiden Söhne von Charlie, ihre Frauen und eine ganze Reihe von Enkelkindern saßen auf Sofas und Stühle verteilt im Zimmer. Eines der älteren Mädchen kümmerte sich um Brandon. Cyn warf Josh Masters ein zögerndes Lächeln zu, als sie an ihm vorüberschritt. Ladonia hatte sie gedrängt, ihn zur Hochzeit einzuladen: »Damit es ein wenig ausgewogener ist«.

Als sich Cyn dem Priester zuwandte, entdeckte sie eine unbekannte Frau, die auf der Armlehne eines Sofas saß. Mit Charlies Familie war sie bereits bekannt gemacht worden, und so konnte sie sich nicht vorstellen, wer diese Nachzüglerin war – bis sie sah, wie sie Worth zublinzelte, während er Ladonia ihrem Bräutigam zuführte.

Er war also nicht nur bei dieser intimen Familienfeier

aufgetaucht, sondern besaß sogar die Stirn, eines seiner Betthäschen mitzubringen!

Sie warf ihm einen vernichtenden Blick zu, als er Ladonias Hand küsste und sie dann an Charlie übergab. Damit hatte er seinen Teil der Zeremonie erfüllt und gesellte sich zu seiner Begleiterin.

Der Priester begann, aus der Bibel vorzulesen, doch für Cyn war die Feier bereits verdorben. Sie versuchte, sich auf das liebevolle, strahlende Lächeln zu konzentrieren, welches das Brautpaar austauschte, doch ihr Blick wanderte immer wieder auf das Pärchen am Rand der Couch. Einmal, als Worth sie dabei ertappte, wie sie ihn anstarrte, richtete sie die Augen rasch wieder auf das Hochzeitspaar.

Etwa nach der Hälfte der Trauungszeremonie fing Brandon an, unruhig zu werden. Cyn merkte, wie er zu zappeln begann, und auch, dass Charlies Enkelin es kaum schaffte, ihn still zu halten. Auf ein Zeichen von Worth ging Brandon zu ihm. Worth legte dem kleinen Mann ruhig eine Hand auf die Schulter, und Brandon wiederum senkte den Kopf auf Worths Schenkel.

Ihre Mutter und ihr Sohn liebten diesen Schuft heiß und innig!

»Kraft des Amtes, das mir durch Gott und die Gesetze dieses Staates anvertraut ist, erkläre ich euch hiermit zu Mann und Frau. Charlie, Sie dürfen Ihre Braut jetzt küssen.«

Applaus brandete auf, überall gab es Umarmungen und herzliche Glückwünsche. Cyn landete in Joshs Armen. Er wollte sie auf den Mund küssen, doch sie konnte ihm gerade noch rechtzeitig die Wange zuwenden.

»Komm, ich mache dich mit Charlie bekannt.«

»Dr. Masters, es ist mir eine große Freude, Sie endlich kennenzulernen.« In seiner treuherzigen Manier schüttelte Charlie ihm glücklich die Hand.

»Ganz meinerseits. Jetzt, nachdem ich Ihre Braut gesehen habe, ist es für mich keine Frage mehr, warum Cyn eine so schöne Frau ist.« Er nahm Ladonias Hände zwischen die seinen. »Viel Glück, Mrs Tanton.«

Er sah sehr gut aus. Sein Benehmen war tadellos. Und er galt als äußerst begehrt.

Cyn konnte es nicht ertragen, ihm nahe zu sein.

»Josh, entschuldige mich kurz. Ich muss mich um das Büffet kümmern.«

Sie vergewisserte sich, dass Brandon von zwei seiner neuen Stief-Cousinen beaufsichtigt wurde, und ging dann in die Küche, um dem Lieferanten zu signalisieren, dass bald alle ins Esszimmer kommen und über das kalte Büffet herfallen würden.

Während sie letzte Hand an die Tischdekoration anlegte, erschien Worth mit seiner Begleiterin.

»Cyn, dies ist Greta. Greta, Cyn.«

»Ich freue mich so, dich kennenzulernen, Cyn.«

»Ganz meinerseits.«

Greta war groß, blond und kurvenreich. Sie sah aus wie ein schwedisches Fitnessposter-Girl. Jetzt war Cyn nicht nur beleidigt, sondern auch noch verletzt, denn das Mädchen schien intelligent und ausgesprochen nett zu sein. Cyn hasste sie vom ersten Augenblick an.

»Ich war froh, dass du vor ein paar Wochen mit Worth nach Mexiko fliegen konntest«, sagte Greta. »Es wäre zu schade gewesen, diese Tickets einfach verfallen zu lassen.«

»Hat er es dir erzählt?« Sie bedachte Worth, der aus einem Schälchen Oliven herauspickte, mit einem eisigen Blick. Er steckte eine Olive in den Mund, warf Cyn ein unbefangenes Lächeln zu und begann, herzhaft zu kauen.

»Er sagte, er habe seine älteste und liebste Freundin mitgenommen.«

»Er ist wirklich ein prima Kerl.«

»Älteste und liebste«, das klang, als sei sie eine alte Jungfer, aber das war sicherlich beabsichtigt gewesen.

»Da bist du!«

Joshs Stimme erreichte ihr Ohr kaum schneller als seine Hände ihre Taille, die sie sofort besitzergreifend umschlossen, während er sich hinter sie stellte.

»Ich habe heute praktisch noch gar nichts von dir gehabt.«

»Tut mir leid, Josh. Aber ich muss mich um alles kümmern.«

Cyn bemerkte, dass Worth nicht mehr kaute; seine engelhaften Augen hatten sich zu gefährlichen Schlitzen verengt, und sein Blick lag auf Joshs Händen, die ihre Hüften umfasst hielten.

»Josh, ich möchte dir Worth Lansing vorstellen, einen Freund meines verstorbenen Mannes, und seine Begleiterin Greta.«

Die beiden Männer taxierten einander abfällig, während sie sich die Hand gaben.

»Dr. Masters? Ich habe einen Artikel von Ihnen gelesen – im *D Magazine*, nicht wahr?«, fragte Greta erfreut, sobald klar war, dass keiner der beiden die Vorstellung weiterführen würde als bis zum obligatorischen Händeschütteln.

Josh wandte sich ihr zu. Cyn nutzte diese Gelegenheit, um sich mit einer gemurmelten Entschuldigung, sie müsse nach den Hochzeitsgästen sehen, aus dem Staub zu machen. Worth blieb mit finsterem Blick allein stehen.

Sektgläser wurden zum Toast auf das Brautpaar erhoben und Häppchen herumgereicht, die Hochzeitstorte angeschnitten und zerteilt. Die Kameras klickten. Es herrschte eine fröhliche Stimmung.

Cyn fühlte sich elend.

Sie teilte ihre Zeit auf zwischen ihrer Rolle als Gastgeberin und dem Versuch, Joshs grabschenden Händen zu entgehen und gleichzeitig die Aufmerksamkeiten zu ignorieren, mit der Worth Greta überhäufte.

Als sie es nicht mehr aushielt, wandte sie sich an ihre Mutter, die mit einer von Charlies Schwiegertöchtern plauderte.

»Mutter, alle deine Sachen sind hergerichtet und zum Packen vorbereitet, nicht wahr?«

»Ja, Liebes, warum?«

»Dann bleib du doch so lange wie möglich mit deinen Gästen zusammen. Ich gehe und packe in der Zwischenzeit alles für dich.«

»Wie lieb von dir, das anzubieten, Cyn. Mir gefällt es bei den Leuten so gut. Ist Charlies Familie nicht wundervoll? Sie haben mich ohne jegliches Zögern akzeptiert.«

»Das freut mich sehr, aber es überrascht mich nicht im Geringsten. Wieso sollten sie dich nicht in ihrer Familie willkommen heißen? Du bist schließlich die Beste. Ich liebe dich, Mutter.«

Sie umarmten einander und küssten sich auf die Wange. Cyn merkte, wie sehr sie es vermissen würde, ihre Mutter unter ein und demselben Dach zu haben. Am Ende ihrer Umarmung hatten sie beide Tränen in den Augen.

»Wenn du zum Umziehen kommst, werde ich deine Koffer zum Verladen in den Wagen fertig haben.«

»Danke dir, Liebes.«

Cyn schaffte es, die Party unbemerkt von Josh – der den Jagdinstinkt eines Panthers zu haben schien – zu verlassen, und ging ins Schlafzimmer ihrer Mutter.

Ladonia war gut organisiert. Alles, was sie auf ihre Hochzeitsreise, einen zweiwöchigen Urlaub in Hawaii, mitnehmen wollte, lag bereits gefaltet auf dem Bett bereit. Cyn hatte einen Koffer gepackt und war gerade mit dem zweiten beschäftigt, als es heftig an die Tür klopfte und dann Worth unaufgefordert hereinkam.

»Falls du nach der Toilette suchst …«

»Ladonia meinte, du könntest vielleicht etwas Hilfe brauchen.« Er schloss die Tür hinter sich.

»Wobei – beim Wäschezusammenlegen?« Sie warf ihm einen eisigen Blick zu. »Wenn ich es mir recht überlege, könntest du darin Experte sein.«

»Ganz und gar nicht«, gab er mit einem aufgesetzten Grinsen zurück. »Meine Spezialität ist es, Wäsche abzunehmen.«

Sie rollte einen Badeanzug zusammen und steckte ihn in den Koffer. »Ich komme ganz gut klar, aber vielen Dank für das Angebot. Du bemühst dich besser wieder zurück zu Gretel, sonst geht sie am Ende noch verloren.«

»Sie heißt Greta«, korrigierte er sie, »und was hat diese Stichelei zu bedeuten?«

»Dass sie so dumm ist, dass sie wahrscheinlich nicht einmal mit beiden Händen ihren Hintern findet.«

»Das hat sie auch gar nicht nötig.«

»Oh, verstehe. Du erledigst das für sie.«

»Mit beiden Händen.«

»Groß genug ist er ja!«, murrte sie und stopfte ein Paar Strandsandalen in eine Tasche. »Wie überhaupt die ganze Puppe. Wie groß ist sie denn, hm?«

Worth schob sein Jackett nach hinten und vergrub die Hände in den Hosentaschen. Seiner unbeweglichen Haltung und der grimmigen Miene nach zu urteilen, musste er das wohl, dachte Cyn, denn sonst war zu befürchten, dass er in seinem Zorn anfing, um sich zu schlagen. Seine Weste lag tadellos an der schmalen Taille an. Er sah einfach großartig aus. Zum Teufel mit ihm!

»Das ist also der berühmte Dr. Masters«, meinte er.

»Das ist er.« – »Seid ihr beide zusammen?« – »Wenn dich das wirklich interessiert, hättest du anrufen und fragen können.«

»Du hast mich auch nicht angerufen.«

»Bei mir waren die letzten Wochen ziemlich hektisch – die Hochzeitsplanung, Einkäufe mit Mutter für ihre Brautausstattung und so weiter.«

»Sie hat aber Zeit gefunden, mich anzurufen.«

»Na ja, offenbar hatte sie dir etwas zu sagen.«

»Und du nicht?«

Sie klappte den Koffer zu und verschloss ihn.

»Jetzt wo du es erwähnst, doch.«

»Und?«

»Ich denke, es ist wirklich mitleiderregend zu sehen, wie einem erwachsenen Mann angesichts eines gut gebauten Mädchens der Speichel aus dem Mund tropft. Als deine Freundin halte ich es für meine Pflicht, dir zu sagen, wie lächerlich es wirkt, wenn du um sie herumscharwenzelst.«

Er trat näher und beugte sich zu ihr.

»Wenn wir schon dabei sind«, knurrte er, »empfinde ich als Tims Freund es als meine Pflicht, dich vor gewieften Gaunern wie Dr. Masters zu warnen.«

»Ich bin erwachsen. Ich kann auf mich selbst aufpassen.«

»Ich wette, dass Masters dich bei eurem ersten Treffen in irgendein überaus romantisches Restaurant ausgeführt hat.«

»Das Old Warsaw.«

»Perfekt! Bis hin zu den schmachtenden Geigen. Und das zweite Mal war es dann irgendetwas Trendiges, mit jeder Menge Chic and Fun.«

»Sfoozi's.«

»Ah ja. Ein Ort zum Sehen und Gesehenwerden, damit

er dich damit beeindrucken konnte, was er für ein Lebemann ist und wie glücklich du dich schätzen darfst, mit ihm zusammen zu sein.«

Langeweile vorschützend blickte sie über seine Schulter in einen kleinen Wandspiegel und zupfte an ihren Haaren. »Worauf willst du hinaus, Worth?«

»Das nächste Mal, wenn er dich ausführt, wird es seine Wohnung sein, oder irgendetwas ähnlich Intimes. Und er wird dir einen kuscheligen Abend zu zweit vorschlagen!« Er setzte ihr seinen Zeigefinger auf die Brust. »Dann, wenn du durch einen guten Wein und leise Musik entspannt und locker bist, wird er auf dich losgehen. Und wenn er dich bis zu seinem Whirlpool bringt, dann bist du so gut wie erledigt!«

»Sprichst du aus Erfahrung?«

»Jahrelanger.«

»Nun ja, ich bin aber nicht eins von deinen Sexpüppchen.«

»Genau das ist der Punkt, Cyn. Für dich ist dieses Spiel neu. Du verhältst dich wie ein unschuldiges Kind im Wald. Die Regeln haben sich verändert, seit du dich zu Collegezeiten mit Tim getroffen hast. Du bist meine Freundin, und ich mache mir Sorgen, dass dir jemand wehtut.«

»Du hältst mich für dumm und arglos.«

»Naiv.«

»Vielen Dank für die Mahnung zur Vorsicht, Worth, aber ich kenne die Spielregeln besser als du glaubst.«

Noch ehe sie sich abwenden konnte, packte er sie an der Schulter.

»Kommt mein Rat zu spät?«

Mit kühlem Trotz fragte sie zurück: »Warst nicht du es, der mir sagte: ›Wenn du ihn magst, dann lass ihn ran‹?«

Er nickte langsam, als hätte er soeben seine Schlüsse gezogen.

»Na ja, das ist keine Überraschung, schätze ich.« Ihre Augen verengten sich zu grünen Schlitzen.

»Weshalb sagst du das?«

Er beugte sich zu ihr und murmelte: »Weil ich weiß, wie wenig Einsatz es braucht, damit du feucht wirst.«

Sie gab ihm eine schallende Ohrfeige.

Genau in diesem Moment, die Resonanz des Schlages war im Raum noch spürbar, kam Ladonia hereingesegelt.

»Was in aller Welt war das?«

Worth trat langsam von Cyn zurück, obwohl ihre Blicke nach wie vor wie in einem mörderischen Kampf aufeinander gerichtet waren.

»Cyn braucht keine Hilfe. Sie kommt bestens allein zurecht.« Damit ließ er die beiden Frauen stehen und stapfte aus dem Zimmer.

Ladonia betrachtete das bleiche Gesicht ihrer Tochter und schloss die Tür.

»Also, Cynthia. Das reicht. Was ist zwischen dir und Worth vorgefallen?«

Irgendwo in ihrem tiefsten Inneren fand Cyn genügend Mut, ihre Mutter anzusehen.

»Nichts«, erwiderte sie unschuldig. »Was soll denn schon vorgefallen sein?«

»Ich habe zuerst gefragt.«

Sie suchte nach einer plausiblen Ausrede.

»Ich hielt es für etwas geschmacklos, dass er heute eine seiner Bekannten mitbrachte. Ich kann mir nicht vorstellen, warum er das getan hat.«

»Wahrscheinlich, weil ich es ihm vorgeschlagen habe.«

»Na ja, in diesem Fall war es wohl okay.«

Mit einer unbeholfenen Bewegung ihrer Hand, die von der Ohrfeige noch brannte, zeigte sie auf die gepackten Koffer.

»Ich helfe dir beim Umziehen, Mutter, und dann kannst du dich mit Charlie auf den Weg machen.« Ein Lächeln erzwingend, fuhr sie mit schlecht gespielter Leichtigkeit fort: »Du kannst doch den Bräutigam nicht warten lassen.«

Endlich war das Haus bis auf Brandon leer, der in seinem Zimmer schlief. Cyn blickte trübsinnig in den offenen Kamin und ließ die letzten Duftkerzen abbrennen.

Kurz nachdem Charlie und Ladonia, begleitet von einem wahren Regen aus Reiskörnern und guten Wünschen, zu seinem Wagen gelaufen waren, hatten sich die Gäste auf den Weg gemacht. Als Letzter war Josh aufgebrochen, allerdings nur, weil Cyn darauf bestanden hatte.

»Warum gehst du nicht ein bisschen aus?«, hatte er ihr vorgeschlagen. »Du warst den ganzen Tag auf den Beinen. Ich koche uns etwas Schönes bei mir zu Hause, und für Brandon rufen wir einen Babysitter an.«

Worths Prophezeiung dröhnte so laut in ihren Ohren wie die Glocken von Nôtre Dame.

»Vielen Dank, Josh, aber ich muss das Haus wieder auf Vordermann bringen.«

»Ich helfe dir dabei. Und wenn wir fertig sind, bestellen wir uns etwas beim Chinesen. Und dann verbringen wir einen gemütlichen Abend miteinander.«

Sie schüttelte den Kopf.

»Wirklich, ich bin erschöpft und kein bisschen hungrig.«

Widerwillig verabschiedete er sich schließlich, jedoch nicht, ohne einen Kuss einzufordern.

Nachdem der Partyservice weg war, blieb im Haus noch eine Menge zu tun. Brandon war schlecht gelaunt und bestand darauf, dass er Hunger habe, obwohl sie wusste, dass das nicht stimmen konnte. Schließlich machte sie eine Dose Pasta mit Hackfleischsauce auf, was kulinarisch eine Abscheulichkeit und vom Ernährungsstandpunkt aus betrachtet scharf zu verurteilen war. Er stocherte darin herum, bis sie ihm den Teller wegnahm und ihn zu Bett brachte.

Nun saß sie da, in einem bequemen Hausanzug und mit warmen Socken, starrte in den offenen Kamin und genoss es, dass bis auf das Knacken der Scheite absolute Stille herrschte.

Da klingelte es an der Tür. Cyn stöhnte.

»Ich kann es nicht fassen.«

Sie beschloss abzuwarten in der Hoffnung, dass, wer immer es war, wieder gehen würde, vergrub sich noch tiefer in das Sofa und drückte sich ein Kissen auf den Bauch. Doch nach dem dritten Läuten stand sie auf, weil sie fürchtete, Brandon könne geweckt werden.

Es war Worth.

»Was machst du?«

»Ernsthaft daran denken, dir die Tür ins Gesicht zu knallen.«

»Hey, ich bin derjenige, der heute eine Ohrfeige gekriegt hat.« Er bewegte mit komischer Übertreibung das Kinn, rieb es vorsichtig und zuckte dabei zusammen.

Cyn zog verdrossen den Kopf ein.

»Ich habe noch nie im Leben jemanden geschlagen.«

»Dann sollte ich mich wohl geehrt fühlen.«

»Es tut mir leid, Worth.«

»Ich habe dich massiv provoziert. Ich kann mich nicht erinnern, jemals etwas derart Hässliches zu einer Frau gesagt zu haben.«

Sie musterten einander einen Augenblick lang.

»Kann ich reinkommen? Rieche ich hier ein Feuer im offenen Kamin?« Er spürte ihr Zögern und fragte: »Du, äh, hast doch nicht etwa einen Gast, oder?«

»In dem Aufzug?«

Sie breitete die Arme aus, um ihn darauf hinzuweisen, was sie anhatte. Er ahmte sie nach, um ihr zu zeigen, dass er ähnlich gekleidet war. Sie trat zur Seite und bedeutete ihm hereinzukommen.

»Aber ich kann nicht versprechen, dass ich gute Gesellschaft bin. Ich bin todmüde.«

»Ein Glas Sekt, dann gehe ich wieder.«

»Sekt?«, fragte sie über die Schulter, während sie ihn durch das dunkle Haus auf den Schein des Feuers im Wohnzimmer zuführte.

»Du hast doch sicher eine Flasche übrig.«

»Mehrere sogar.«

»Fangen wir mit einer an. Wenn du sie holst, und zwei Gläser dazu, lege ich inzwischen Holz nach.«

»Wir haben auch noch eine Menge zu essen. Cocktailhäppchen, Knabberzeug, Nüsse?«

»Nur Sekt«, rief er ihr in Richtung Küche nach.

Als sie mit der Flasche und zwei Sektgläsern zurückkam, züngelten die Flammen bereits an den neuen Scheiten.

»Wo ist Brandon?«, fragte er, während er gekonnt die Flasche entkorkte.

Sie hielt ihm die Gläser hin.

»Im Bett. Er schläft tief und fest, Gott sei Dank. All die Aufmerksamkeit, die er heute bekam, ist ihm in den Kopf gestiegen. Er war ein wahres Monster.«

Sie erhob ihr randvolles Glas.

»Worauf trinken wir?«

»Freundschaft.«

Cyn legte argwöhnisch den Kopf schief.

»Freundschaft?« Er wiederholte das Wort, betonte es dieses Mal aber anders.

»Ich schlage nur meine allerbesten Freunde«, sagte sie und stieß mit ihm an.

Sie lachten zusammen, machten es sich auf dem Sofa

bequem und legten die Füße auf den großen, quadratischen Couchtisch, vergruben sich in die weichen Kissen und legten den Kopf auf die Sofalehne.

»Ich habe mich heute Nachmittag unmöglich benommen«, begann er.

»Und ich wie ein Miststück.« Sie rollte den Kopf auf die Seite, damit sie ihn ansehen konnte. »Keine Ahnung, warum.«

Auch Worth wandte den Kopf.

»Wirklich nicht?«

»Nein.«

»Du warst eifersüchtig, Cyn.«

»Eifersüchtig? Auf die blonde Sexbombe, die überhaupt nicht dumm war, wie ich sagte, sondern sehr intelligent und artikuliert? Eifersüchtig auf platinblonde Haare, große blaue Augen und andere ins Auge springende Details? Mach dich nicht lächerlich!« Sie stellte ihr Glas ab, ging zum Kamin und nahm den Schürhaken zur Hand.

»Du wirst mich jetzt aber nicht gleich mit dem Ding verdreschen, ja?«

Sie hatte den Anstand, über sich selbst zu lachen.

»Eigentlich wollte ich das Feuer schüren, aber jetzt, wo du es sagst ...«

Sie hielt den Haken drohend über den Kopf und fauchte, ehe sie ihn wieder zurücklegte.

»Okay, ich gestehe. Ich konnte es nicht ertragen, dich mit ihr zu sehen.«

»Was ist falsch an Greta?«

»Nichts, absolut gar nichts«, antwortete sie reumütig und ließ sich wieder neben ihm auf das Sofa sinken. »Ich dachte, du wärst längst mit ihr im Bett.«

Er zuckte mit den Schultern und griff nach einer Strähne ihres Haars.

»Mangelnde Initiative. Und was ist mit Dr. Mund-auf-und-sag-ah?«

Sie warf den Kopf in den Nacken und befreite ihr Haar von seinen darin spielenden Fingern.

»War das vorsätzlich geschmacklos?«

»Absolut.«

Ihre strenge Miene hielt nur einige Sekunden an.

»Ich habe ihn nach Hause geschickt.«

»Er wollte bleiben?«

»Ja, nachdem ich mich weigerte, mit zu ihm zu fahren und mich von ihm bekochen zu lassen.« Sie hielt in einer Geste der Kapitulation die Arme hoch. »Ich weiß, ich weiß. Du kannst dir dein, ›ich habe es dir doch gesagt‹ sparen. Er hat sich an das Drehbuch gehalten.«

Zu seiner Ehre ließ Worth das Thema fallen, ohne schadenfroh zu werden.

»Was riecht hier so gut?«

»Die Kerzen.«

»Oh. Ich dachte schon, ein neuer Badezusatz.«

»Nein.«

»Nicht, dass der deine verbessert werden müsste. Jedes Mal, wenn ich aus der Dusche komme, vermisse ich diesen Geruch im Bad.«

Ihre Blicke trafen sich, und die Auswirkung raubte im ersten Moment beiden den Atem. Ihn anzusehen, machte ihren Körper warm und geschmeidig, schwer, aber gewichtslos. Nach einem langen Augenblick schaute sie weg. So wie seine Haare über die eine Braue fielen, sah er einfach zu verlockend aus. Die helleren Strähnen nahmen jeden Lichtstrahl auf, der vom Feuer kam.

»Ich denke, die Flitterwöchner sind jetzt schon in L.A.«, bemerkte sie mit einem Gefühl der Leere.

»Glaube ich auch.«

»Sie verbringen die Nacht im Hotel Bonaventura und fliegen morgen weiter nach Hawaii.«

»Das wird ein schöner Urlaub für die beiden.«

»Mutter wollte schon immer mal nach Hawaii.«

»Charlie scheint für sie perfekt zu sein.«

»Perfekt.«

»Nicht, dass er etwa schlecht weggekommen wäre.«

»Ich fand, dass Mutter heute hinreißend aussah.«

»Einfach umwerfend. Die Zeremonie war nett.«

»Sehr schön und romantisch.«

»Alles, was der Priester sagte, hat genau gestimmt.«

»Das dachte ich auch.«

»Cyn?«

»Hmm?«

»Lass uns mit dem Kumpelgetue aufhören.«

# 11

Er zog sie in seine Arme. Sie ließ es geschehen. Ihre Lippen fanden sich. Sie sanken in die Kissen, bis sein Körper zum Teil den ihren bedeckte.

»Cyn«, murmelte er mit rauer Stimme und rang nach Atem, »sag mir, dass du dich von diesem grinsenden Quacksalber nicht hast anfassen lassen – noch nicht einmal mit seinem Stethoskop.«

Statt ihm mit Worten zu antworten, vergrub sie die Finger in seinen Haaren und zog ihn zu einem weiteren heißen Kuss nach unten. Als der Kuss endete und Worth das Gesicht an ihren Hals schmiegte, fragte sie: »Und was ist mit Greta?«

»Ich habe sie nicht berührt. Ich sagte ihr, ich würde an temporärer Impotenz leiden.«

Cyn schob ihn hoch und starrte ihn mit großen Augen ungläubig an. Er rückte ein wenig seitlich und stupste sie leicht in die Rippen.

»Das war natürlich gelogen.«

Ihre grünen Augen glänzten von neuer Leidenschaft, und sie zog ihn wieder an sich. Neben dem fröhlichen Knacken des Kaminfeuers wurden im Raum leise Atemgeräusche hörbar, die anschwellende Lust und unzulängliche Befriedigung andeuteten.

Ihr war heiß – von dem gefütterten Hausanzug, der Wärme im Zimmer und Worths streichelnden Händen. Die schließlich den Weg zu ihrer Taille fanden und unter ihr Sweatshirt schlüpften.

»Cyn, was ich heute Nachmittag gesagt habe …«

»Ja?« – »Das war unverzeihlich.« – »Ja.« – »Aber das ist es, woran ich gedacht habe.« Seine Hände fanden ihre vollen, heißen Brüste; er spielte zärtlich mit ihren sich aufrichtenden Spitzen.

»Ich kriege es nicht aus meinem Kopf, ich habe es wirklich versucht. Aber ich kann nicht vergessen, wie es das erste Mal war, als ich dich berührte.«

Sie stöhnte leise und bewegte sich unruhig unter ihm im Versuch, ihre Hüften nach oben zu schieben.

»Du bist einzigartig«, sagte er heiser. »Du fühlst dich so wahnsinnig gut an.«

Er schob ihr Oberteil hoch und küsste sie zwischen die Rippen, knapp unterhalb des Brustbeins.

Sein Mund bewegte sich weiter zu einer Brust, küsste die sofort darauf reagierende Spitze und dann die volle Rundung, die nachgab, als er sich an sie schmiegte.

»Worth.«

Seufzend bog sie den Hals nach oben.

Seine Hände umklammerten ihren Brustkorb, und sein Mund arbeitete sich langsam über ihren Körper nach unten, testend, neckend, schmeckend.

Seine Lippen saugten zart an ihrer Haut.

Seine Zunge hinterließ feuchte Stellen darauf.

Er machte ihr einen Knutschfleck, bearbeitete sanft ihre Haut mit den Zähnen.

Seine Zärtlichkeiten waren betörend. Aus schläfrigen Augen betrachtete sie das tanzende Spiel aus Licht und Schatten an der Decke. Sie sog tief den zu Kopf steigenden Duft der Kerzen ein, der sie fast ebenso benebelte wie der berauschende Sekt.

Die Worte der Trauungszeremonie gingen ihr durch den Kopf. Schöne Worte wie »sich zugetan sein«. Romantische Phrasen wie »Treue in guten wie in bösen Tagen«.

Plötzlich klärte sich ihre Sicht und damit ihr Denken. »Worth, wir können nicht.« Sie schob ihn weg und rappelte sich auf. Er kämpfte darum, seine Fassung wiederzugewinnen, und blinzelte irritiert.

»Was ist los?«

»Wir können nicht.«

»Ich habe dieses Mal vorausgeplant. Ich habe etwas in meinem Wagen.«

»Das ist es nicht.«

»Was dann?« Er atmete heftig. »Das tut weh, Cyn.«

Sie rang verzweifelt die Hände.

»Ich kenne das Gefühl, aber ... aber wir können trotzdem nicht sporadische Liebhaber sein.«

»Kumpel aber auch nicht«, konterte er leicht gereizt. »Das haben wir heute bewiesen. Als ich sah, wie Masters die Hände an dir hatte, dachte ich ernsthaft daran, ihm an die Gurgel zu gehen.«

»Ich war absichtlich grob zu Greta.«

»Also waren wir beide hässlich. Versprechen wir uns, es nächstes Mal besser zu machen. Aber jetzt würde ich gern da weitermachen, wo wir eben aufgehört haben.«

»Kapierst du das denn nicht?«, rief sie und drückte sich verzweifelt die Fäuste an die Schläfen. »Wir tappen wieder in dieselbe Falle wie zuvor. Wenn wir jetzt schwach werden, ist es danach noch schlimmer.«

»Unmöglich«, stöhnte er und stand langsam auf. »Ich brauche noch mehr Sekt.«

Er humpelte zur Tür. Über die Schulter fügte er hinzu: »Eine ganze Menge mehr!«

Als er zurückkam, stellte Cyn erleichtert fest, dass sein Gang nun besser war, aber er nahm einen kräftigen Schluck Sekt direkt aus der Flasche.

»Welche Falle?«

»Die romantische Atmosphäre«, sagte sie von ihrem

neuen Sitzplatz am Kamin aus. »Hochzeiten sind sentimentale, romantische Angelegenheiten, und da fühlt man sich innerlich eben ein wenig weich und nachgiebig.«

»Darüber habe ich noch nie wirklich nachgedacht.«

»Hochzeiten vereinen das Spirituelle mit dem Physischen, Romantik mit Religion. Sie führen bei jedem, auch bei den Abgestumpftesten, dazu, dass man an wahre und ewige Liebe glaubt.«

Er trank erneut aus der Flasche und wischte sich mit dem Handrücken den Mund ab.

»Du hast recht. Ich habe heute feuchte Augen bekommen, als Charlie und Ladonia das Ehegelübde sprachen. Und ich erinnere mich auch an andere Hochzeiten. Habe ja weiß Gott viele miterlebt. Meine Rendezvous hinterher waren immer besonders …« Er unterbrach sich und sah sie an. »Womit ich nicht nahe legen möchte, dass du nur eine weitere Bekanntschaft nach einer Hochzeit bist.«

»Danke.« Sie senkte das Gesicht über ihre rastlosen Hände. »Hochzeiten versetzen jeden in eine romantische Stimmung. Das und Sekt, Kerzen, die Einsamkeit, das offene Feuer heute Abend, und schon hast du …«

Sie zuckte leicht mit den Schultern.

»Das ist genauso anregend wie das tropische Ambiente von Acapulco. Wir sind darauf hereingefallen.«

»Hm, vielleicht.« Der Sekt gluckste in der Flasche, als er sie wieder an die Lippen setzte.

»Vielleicht?«

»Komm her, Cyn«, sagte er lächelnd. »Ich beiße dich nicht.«

»Hast du aber.« Wiewohl sie ihn daran erinnerte, setzte sie sich dennoch wieder zu ihm auf die Couch.

Mit dem Zeigefinger der Hand, in der er die Flasche

hielt, berührte er ihre Mundwinkel. Seine andere Hand ergriff die ihre und presste sie an seinen Unterleib.

»Es hat mehr als ein paar Duftkerzen und einen offenen Kamin gebraucht, um mich so weit zu kriegen, Cyn.«

Wie ein Geysir schoss eine Hitzewelle von ihrem Unterleib in ihre Brüste. Sie zog hastig ihre Hand zurück, verließ das Sofa wieder und flüchtete zum Kamin, wo sie unnötigerweise die gerahmten Fotos von Brandon neu arrangierte.

»Du hast gesagt, du würdest nicht …«

»Beißen. Das ist alles, was ich gesagt habe. Cyn.« Er weigerte sich weiterzusprechen, bis sie ihn wieder ansah, was sie nur widerwillig tat. »Wir haben ein natürliches Verlangen nach einander.«

»Nach einander oder nach Sex?«

»Sex hätte ich auch mit Greta haben können. Und du mit Masters.«

»Ich wollte nicht …«

»Genau! Und ich wollte nicht mit Greta. Ich wollte dich.«

Gefangen in einer Falle, die sie selbst gestellt hatte, gab Cyn klein bei. Sie ließ sich wieder auf die steinerne Kaminumrandung sinken.

»Vermutlich hat es keinen Sinn, leugnen zu wollen, dass wir uns sexuell zueinander hingezogen fühlen, oder?«

»Es wäre dumm. Und das sind wir beide nicht. Deshalb bin ich heute Abend zu dir gekommen. Ich dachte, wir sollten dieses Dilemma angehen wie zwei erwachsene Menschen und nicht wie eifersüchtige Halbwüchsige.«

Er stellte die zweite Flasche Sekt auf den Couchtisch und blickte dann auf seine Hände.

»Wenn ich dich allerdings in den Armen des Gynäkologen gefunden hätte, dann wären meine guten Vorsätze, mich wie ein vernünftiger Erwachsener zu benehmen, zum Teufel gewesen.«

»Mir dich mit Greta vorzustellen, war die reine Folter.« Mit einem gequälten Blick auf ihn fragte sie: »Was sollen wir tun, Worth? So können wir nicht weitermachen.«

»Das kannst du laut sagen«, grummelte er.

Nach einem ausgedehnten Schweigen sprach Cyn die naheliegendste, aber auch bedrückendste Möglichkeit aus: »Wir könnten uns eine Zeitlang überhaupt nicht mehr sehen.«

»Mich haben die letzten zwei Wochen schon fast verrückt gemacht.«

»Mich auch«, gab sie zu. »Und Brandon würde ebenfalls darunter leiden. Du bist der einzige Mann, mit dem er wirklich Kontakt hat. Und für Mutter müsste ich eine Ausrede erfinden. Sie spürt, dass Mexiko unsere Beziehung verändert hat.«

»Kluge Frau, diese Ladonia.« Er presste die Finger aneinander und überlegte. »Miteinander zu schlafen hat unsere Beziehung verändert, Cyn. Es wird nie mehr so sein wie vorher. Wir können nicht mehr einfach nur Freunde sein, das hat sich gezeigt.«

Sie seufzte traurig.

»Dann müssen wir aufhören, uns zu sehen.«

»Nein«, hielt er bedächtig dagegen, »wir müssen es wieder tun.«

Für einige Sekunden wurde ihre Miene komplett ausdruckslos; dann verengten sich ihre Augen.

»Eine Affäre?« Ihr Blick funkelte vor Zorn. »Und du machst dich jedes Mal, wenn dir danach ist, so einfach aus dem Staub? Niemals, Mr Lansing!«

»Würdest du mich bitte ausreden lassen, bevor du hochgehst wie ein Hefeteig?«

Er sprang von der Couch hoch und baute sich unmittelbar vor ihr auf. Damit sie sich nicht so klein und unterlegen fühlte, erhob sich Cyn.

»Ich weiß ganz ehrlich gesagt auch nicht, was sich entwickeln wird«, sagte er, »aber wir sind es uns schuldig, dass wir wenigstens noch einmal miteinander schlafen, Cyn. Anders kommen wir garantiert zu keiner Lösung.«

Sie rollte die Augen.

»Ich kann es nicht erwarten, die Stimme der Vernunft zu hören.«

»Du hast gesagt, heute Abend und Mexiko, das sei lediglich Zufall gewesen, wir seien Opfer von Schauplatz und Umständen geworden.«

Sie nickte argwöhnisch und fragte sich, in welche Richtung er seine Argumentation weiterführen würde.

»Okay, wir müssen herausfinden, ob es wirklich nur das war.«

»Es war wirklich nur das.«

»Dann brauchst du dir keine Sorgen zu machen, und es besteht keine Gefahr, wenn wir es versuchen.«

Es war eine Sackgasse; sie traten auf der Stelle.

»Hör zu«, sagte er, ungeduldig die Haare zurückstreichend, »gib zu, dass der Sex toll war.«

Ihr Blick senkte sich bis zu seinem Hals. Sie nickte widerwillig.

»Okay. Und gib zu, dass wir wegen Tim keine Schuldgefühle zu haben brauchen, weil bis Acapulco nichts als Freundschaft zwischen uns war. Richtig?«

»Richtig.«

Unbewusst rieb sie sich den Ringfinger der linken Hand, wo sich ihr Ehering noch weiß auf der Haut abzeichnete. Wegen des Gefühls, Tim hintergangen zu haben, hatte sie ihn nach der Rückkehr aus Mexiko abgenommen, obwohl sie wusste, dass an Worths Argumentation nichts falsch war.

»Gut. Punkt eins und zwei hast du zugestimmt.« Er sammelte seine Gedanken. »Der Klarheit wegen kombiniere ich die Punkte drei und vier. Wenn nur unsere Stimmung schuld war, dann werden wir das ohnehin bald herausfinden, und bis dahin ist keiner von uns auch nur einen Pfifferling wert. Denn solange uns diese emotionalen Turbulenzen so zu schaffen machen, werden wir in unserer Arbeit nicht viel zustande bringen.«

Sie runzelte wegen seiner ausgefeilten Ausdrucksweise die Stirn. »Das klang wie auswendig gelernt.«

»War es auch. Seit ungefähr sechs Tagen.«

»Seit sechs Tagen? Wenn du schon so lange über das Ganze nachdenkst, wieso hast du dann jemanden zur Hochzeit mitgebracht?«

»Aus Trotz. Was mich gleich zum nächsten wichtigen Punkt bringt: Wir haben nie miteinander gespielt, Cyn. Ich hasse es, Spielchen mit dir zu spielen.«

»Danke, gleichfalls. Zu jeder anderen Zeit hätte ich Josh ordentlich eins auf die Finger gegeben. Ich habe mich heute nur von ihm begrabschen lassen, weil ich wusste, dass es dir gegen den Strich geht. Und an allem, was du sagst, ist etwas dran, auch wenn du dich ziemlich hochtrabend ausdrückst. Ich habe in meiner Arbeit nicht wirklich etwas geleistet. Ich bin reizbar. Kann mich auf nichts konzentrieren. Diese Hochzeit zu planen war eine übermenschliche Aufgabe.«

»Also, was meinst du?«

Sie trat nervös von einem Fuß auf den anderen. Sein sexy wirkendes, legeres Äußeres konnte sie leicht beeinflussen, deshalb versuchte sie, sein Aussehen zu ignorieren und ihre Entscheidung nur auf die praktischen Argumente zu gründen, die er vorbrachte.

»Das wäre fast wie ein wissenschaftliches Experiment, nicht wahr?«

»Genau. Wir probieren es und merken dann, wie es läuft. Wenn es nicht gut ist, dann wissen wir, dass das eine Mal in Mexiko nur ein Unfall war, und dann machen wir weiter als gute Freunde.«

»Und wenn es, äh, gut ist?«

»Das lassen wir erst einmal auf uns zukommen.«

Er drückte sie als Antwort.

»Also gut«, meinte sie gedehnt, »dann machen wir das so.«

»Ah, Cyn, das ist großartig.«

Mit einem breiten Lächeln zog er sie in seine Arme, doch sie stemmte die Hände gegen seine Brust.

»Aber nicht heute Nacht.«

Sein Lächeln fiel in sich zusammen. Seine Arme sanken leblos nach unten.

»Oh. Sicher. Richtig. Und wieso nicht?«

»Weil wir noch zu sehr in diesen Hochzeitsgefühlen befangen sind.«

Mit einem halblauten Fluch blickte er auf die Kerzen, die Sektflaschen, das knisternde Feuer, Cyns von seinem Kuss geschwollene Lippen.

»Ich fürchte, du hast recht«, sagte er mit einem widerwilligen Seufzen. »Wann dann? Morgen?«

Nach einigem Hin und Her einigten sie sich auf das folgende Wochenende. Worth war darüber nicht glücklich.

»Das sind sieben volle Tage«, beschwerte er sich.

»Das sollte uns genügend Zeit geben, einen klaren Kopf zu bekommen und die Sache pragmatisch anzugehen. Sonst würde dadurch nämlich absolut nichts bewiesen, und dann könnten wir es gleich bleiben lassen.«

Aus Angst, sie würde ihre Zusage zurückziehen, stimmte er zu, bestand aber darauf, ihr zum Abschied einen Gutenachtkuss zu geben. Sie genoss es, wie seine Zunge ihren Mund erforschte und er sie fest an sich presste, doch als sich seine Hände zu ihren Brüsten bewegten, schob sie ihn sanft von sich.

»Noch nicht«, stieß sie hervor, obwohl sie ziemlich atemlos war.

Den Sonntag verbrachte sie mit Brandon, denn so lange Ladonia weg war, musste er eine Kindertagesstätte besuchen. Das machte ihm jedoch nichts aus; er spielte gern mit den anderen Kindern.

Ihr Arbeitskalender war mit Terminen gefüllt, was die Tage normalerweise nur so dahinfliegen ließ. Doch in dieser Woche schien die Zeit nur im Schneckentempo auf den Freitag hinzukriechen.

Am Mittwoch ließ sie Brandon seinen Freund Shane Lattimore zum Übernachten einladen, im Gegenzug dafür, dass ihr Sohn am Freitag darauf bei Shane übernachten durfte.

Sie errötete, als sie Mrs Lattimore fragte, ob sie mit diesem Arrangement einverstanden wäre, weil sie vorgab, sie müsse arbeitsbedingt über Nacht wegbleiben. Gott sei Dank konnte Mrs Lattimore am Telefon weder Cyns rote Wangen noch ihren verlegenen Blick bemerken.

Zu Worths Ärger hatte sie darauf bestanden, dass sie sich bis zu ihrem ersten »offiziellen Rendezvous« nicht sehen sollten. Damit sie es nicht noch verschob, rief er sie jeden Abend an, manchmal auch tagsüber.

»Wo werden wir es machen?«

Weil sie an diesem Tag besonders viele Fälle hatte, saß sie zum Mittagessen am Schreibtisch. Den Telefonhörer zwischen Kinn und Schulter eingeklemmt, schälte sie eine Banane und spöttelte: »In einem Bett, würde ich meinen.«

»Sehr witzig. In welchem Bett?«

»Ein Hotel? Ich zahle die Hälfte.« – »Nichts da, es sei denn, du willst noch einen zerrissenen Scheck. Aber wie wär's bei mir zu Hause? Dort könnten wir zu Abend essen.«

»Ich weiß nicht, Worth«, meinte sie ausweichend.

»Das Menü habe ich bereits geplant. Außerdem ist meine Wohnung der vernünftigste Ort dafür.«

»Der Palast der Freuden.«

»Gewisse Vorteile sind ja wohl nicht zu leugnen.«

Sie dachte an den dicken Schaffellteppich auf dem Wohnzimmerboden und den Whirlpool in dem großen Badezimmer aus schwarzem Marmor.

»Wahrscheinlich hast du recht.« Ihr Widerwille entsprang einer Mischung aus Angst und Aufregung.

»Prima. Ich hole dich ab um ...«

»Nein. Ich komme mit meinem Wagen.«

»Damit du ausbüchsen kannst.«

»Die Suppe in meiner Mikrowelle wird kalt.«

»Feigling!«, rief er in den Hörer, bevor sie auflegte.

Sie hatte kaum mehr Zeit, ihre Mahlzeit zu beenden, bevor die Sekretärin ihren Besuch für den Ein-Uhr-Termin ankündigte. Es war Sheryl Davenport.

»Kommen Sie herein.« Cyn stand auf, um sie zu begrüßen. »Wie haben Sie es geschafft, dem Unterricht fernzubleiben?«

»Ich sagte, ich hätte einen Zahnarzttermin.«

»Nehmen Sie Platz. Wie geht es Ihnen?« Cyn setzte sich wieder hinter ihren Schreibtisch.

»Mir ist jeden Morgen schlecht.«

»Sie sehen aus, als hätten Sie ein paar Pfund verloren.«

Cyn bemerkte auch die dunklen Augenringe der jungen Frau. Die schwangerschaftsbedingte morgendliche Übelkeit ließ sich mit einem Medikament in den Griff kriegen, doch das war Sheryls geringstes Problem.

»Und wie geht es Ihnen davon abgesehen?« – »Nicht sehr gut. Daddy drängt mich, an diesem Kurs zur Vorbereitung für den Schuleignungstest teilzunehmen.« Sie erhob die Hände und ließ sie dann entmutigt in den Schoß zurückfallen. »Er denkt an die Collegeprüfungen und ich an Alternativen zur Schwangerschaft.«

»Sie haben es Ihren Eltern also noch nicht erzählt?«

»Nein. Dann wäre ich jetzt schon tot.«

»Sagen Sie so etwas nicht, Sheryl. Das ist einfach nicht wahr.«

»So gut wie tot«, ergänzte sie kläglich. »Mrs McCall, ich weiß nicht, was ich machen soll.«

»Haben Sie die Sachen gelesen, die ich Ihnen gegeben habe?«

»Ja.«

»Und das hat Ihnen bei Ihrer Entscheidungsfindung nicht geholfen?«

Sie schüttelte den Kopf.

»Ich denke, ich möchte das Baby zur Adoption freigeben – Sie wissen schon, so, dass ich es regelmäßig besuchen kann.«

»Offene Adoption.«

»Ja. Ich möchte, dass mein Baby mich kennt, dass es weiß, dass ich es liebe und nicht einfach deshalb weggegeben habe, weil ich es nicht wollte. Aber jedes Mal, wenn ich mir vorstelle, wie ich das meinen Eltern sage, dann … dann denke ich dauernd, ich kann es nicht.«

Sie schluchzte und begann zu weinen.

Für den Rest des Gesprächs versuchte Cyn, Sheryls Angst und Verzweiflung zu lindern. Das erwies sich als ziemlich schwierig. Sie war erschöpft, als die junge Frau das Büro verließ. Dann kam mit der Nachmittagspost – genau zu einem Zeitpunkt, als sie dringend Aufmunterung brauchte – Worths witzige, schalkhafte Karte an.

Als sie am Donnerstagmorgen in ihr Büro kam, schmückte ein Dutzend weiße Rosen ihren Schreibtisch.

»Von Dr. Masters?«, fragte ihre Sekretärin, während Cyn die Karte des Absenders las.

»Nein«, erwiderte sie mit einem geheimnisvollen Lächeln. »Von jemand anderem.«

»Muss ja schön sein, so viele Bewunderer zu haben.«

Nachdem die Sekretärin zu ihren Pflichten ins Vorzimmer zurückgekehrt war, las Cyn die Karte noch einmal.

»Rote Rosen, blaue Veilchen – Freunde war'n wir für ein Weilchen. Und Freunde woll'n wir immer sein, das fänd' ich fein.«

Sie lachte, als Josh hereingeschneit kam und seinen Charme sowie den Duft antiseptischer Seife verbreitete. Doch sein Lächeln verflog, als er die Vase mit den Blumen sah.

»Rosen.«

»Mhm.«

Sie steckte die Karte in die Jacke ihres Kostüms.

»Geburtstag?«

»Kein besonderer Anlass.«

»Von jemandem, den ich kennen sollte?«

Sie blickte einen kurzen Moment auf die Spitzen ihrer Schuhe hinunter und dann hinauf in seine Augen.

»Vielleicht solltest du das, Josh. Sie sind von jemandem, der mir sehr lieb ist. Er ist ...«

»Er?«

»Richtig. Er steht mir seit langer Zeit sehr nahe. Aber selbst wenn es nicht so wäre«, fügte sie hinzu und atmete tief durch, »würde es keinen Unterschied machen.«

»In Bezug worauf?«

»In Bezug auf uns.«

Ein träges Lächeln ließ sein schönes Gesicht noch attraktiver erscheinen. »Ich verstehe.«

»Nein, das glaube ich nicht. Was ich dir damit sagen will, Josh: Wir sind miteinander so weit gegangen, wie es für mich möglich war. Mehr ist einfach nicht drin. Ich hoffe, du verstehst das.«

Das tat er nicht. Er konnte nicht begreifen, dass sie einen anderen Mann ihm vorzog – oder sogar lieber gar keinen hatte. Er machte ihr eine richtige Szene.

Was ihn aufregte, waren nicht seine schwindenden Chancen bei ihr, sondern der Schaden, den sie seinem Selbstbewusstsein zugefügt hatte. Dazu kam die Zeit, die in die Verfolgung seines Ziels investiert worden war, was sich nun nicht auszahlte.

Sie hatte überhaupt kein Problem damit, ihn zu bitten, ihr Büro zu verlassen.

Der restliche Tag ging schnell vorüber. Bevor sie sich auf den Heimweg machte, schnitt sie eine Rosenknospe ab und nahm sie mit.

Eine halbe Stunde später öffnete sie mit ihrem Schlüssel die Tür zum Büro von Lansing & McCall. Worth hatte sich nach Tims Tod geweigert, ihn zurückzunehmen.

Da sie nach wie vor an der Firma beteiligt war, wollte er, dass sie jederzeit freien Zugang hatte.

Dies war das erste Mal, dass sie sich diese Freiheit nahm.

Wie sie gehofft hatte, war das Büro leer. Mrs Hardimans Schreibmaschine war abgedeckt, die Lampe an ihrem Arbeitsplatz ausgeschaltet. Cyn schritt durch das Vorzimmer und fand die Tür zu Worths Büroraum unversperrt.

Sie kam sich vor wie ein Einbrecher, als sie auf Zehenspitzen zu seinem Schreibtisch schlich und die Blüte auf die glänzende Platte legte, zusammen mit einem Dankeswort, das sie auf einen Bogen Briefpapier geschrieben hatte.

»Keine Bewegung!«

Mit einem angsterfüllten Kreischen wirbelte sie herum. Er kauerte im Türrahmen seiner Toilette, in der Hocke wie ein Polizist, die Arme nach vorn gestreckt, einen imaginären kurzläufigen Revolver in den Händen.

»Oh Gott, hast du mich erschreckt!«

»Was schleichst du in meinem Büro herum?«

»Wo ist Mrs Hardiman?«

»Sie ist heute schon gegangen. Und ich wollte auch gerade Schluss machen.«

Sie lächelten sich zu; es war offenkundig, dass sie sich beide sehr freuten, einander zu sehen. Er senkte seine »Waffe«, und dann grinsten sie sich einige Augenblicke lang breit an.

»Ich, äh, bin eigentlich nur gekommen, um mich für die Rosen zu bedanken. Sie sind so schön, dass ich dachte, ich müsste sie ein wenig teilen.«

Er ging an den Schreibtisch, nahm die Rose in die Hand und las laut, was sie auf das Blatt geschrieben hatte: »›Ein Poet bist du nicht gerade.‹« Er lachte kurz und heftig und blickte ihr dann erheitert in die Augen.

»Schlimm, was?«

»Schlimmer geht es kaum. Aber die Gefühlsregung dahinter hat mir gefallen.«

Wieder versanken ihre Blicke ineinander; sie betrachteten sich mit leuchtenden Augen und einem glücklichen Lächeln. Cyn befreite sich als Erste vom Zauber dieser Atmosphäre.

»Na ja, mehr wollte ich gar nicht; und jetzt muss ich losfahren, sonst komme ich zu spät, um Brandon abzuholen.«

»Warte eine Sekunde, dann fahre ich mit dir im Lift nach unten.«

Er schloss sein Zimmer ab, und sie gingen zusammen aus dem Büro. Draußen auf dem Flur plauderten sie über unwichtige Dinge – das Wetter, ihre Jobs, Brandons Woche in der Kindertagesstätte –, doch sie waren sich beide sehr stark Worths Hand bewusst, die sanft auf ihrem Rücken lag.

Ihr gefiel die Art, wie er sein Jackett lässig über der Schulter trug und dabei einen Finger als Haken benutzte.

Ihm gefiel es, wie ihr Haar locker auf ihren Schultern wippte.

Die ersten nachmittäglichen Bartstoppeln begannen seine Kinnpartie dunkel zu verfärben.

Sie schwang beim Gehen verführerisch die Hüften, und ihr eng sitzender Rock betonte diese Bewegung noch.

Im Fahrstuhl lehnte sich Cyn in eine Ecke. Er wählte die gegenüberliegende; eine Hand hielt noch immer das Jackett, die andere legte er auf die Chromstange, die in halber Höhe um das Innere der Kabine führte.

Während sie hinunterfuhren, sahen sie einander unablässig in die Augen. Niemand sonst stieg zu. Kurz bevor sie die Tiefgarage erreichten, ließ Worth plötzlich sein Jackett fallen und drückte auf den roten Nothaltknopf.

Cyn war auf den plötzlichen Stopp überhaupt nicht gefasst. Mit einem leisen Japsen hielt sie sich am Handlauf fest. Als sie die Fassung wiedererlangte, hielt Worth sie bereits in der Ecke fest. Seine Arme umschlangen ihre Taille, seine Hände pressten ihren Körper an den seinen, und sein Mund tat sich an ihrem gütlich.

Die Schwerelosigkeit in ihrem Bauch hatte nichts mit der Abwärtsbewegung des Fahrstuhls zu tun, sondern mit ihrer eigenen, die sie in einen unergründlichen Brunnen des Verlangens stürzte – so tief und dunkel, dass sie fürchtete, nie mehr auf den Boden zu kommen. Seine köstlichen Wasser wirbelten um sie herum, verwirrten sie, zogen sie nach unten.

Jeder Kuss war noch glühender und leidenschaftlicher als der vorherige. Ein Begehren ergab das andere. Worth schob die Hände unter ihr Jackett und öffnete die Knöpfe ihrer Bluse, schob den Stoff auseinander und sah ihre Brüste bebend und gerötet aus dem knappen Stoff ihres BHs lugen.

»Ich lebe gerade eine Fantasie aus«, keuchte er atemlos, strich mit einem Finger über das bebende Fleisch und über die steife Brustwarze unter dem gespannten ecrufarbenen Spitzengewebe.

Cyn legte eine Hand an seine harte, kratzige Wange und zog seinen Kopf nach unten; sie wollte seinen Mund auf ihrer Haut spüren, am liebsten überall. Auch sie hatte Fantasien gehegt.

»Ich habe ein solch wahnsinniges Verlangen nach dir.«

Er stöhnte, seine Lippen bewegten sich zu ihrem weichen Brustansatz.

»Tu es.«

»Dich schmecken? Dich saugen? Dich lecken? Was willst du, Baby? Sag es mir.«

»Alles.«

Unter den Liebkosungen seines Mundes brannte ihre Haut, ihr Körper verzehrte sich nach ihm, ihr schwirrte der Kopf.

Es dauerte Sekunden, bis sie merkten, dass ein ungeduldiger Mensch in einer der oberen Etagen den Fahrstuhl anforderte, und dass das Klingeln, das sie hörten, die Alarmglocke war.

Worth verschloss unbeholfen ihre Bluse und brachte dabei einige Knöpfe in die falschen Knopflöcher. Seine Miene zeigte heftige Leidenschaft; Cyn wusste, dass sie nicht viel anders aussehen konnte. Sie spürte das Blut durch ihre Adern rasen.

»Fertig?«, fragte er sie mit rauer Stimme. Sie nickte und strich sich über die Haare, denn auch ihre Frisur hatte unter seinem Ansturm gelitten. Dann setzte er den Fahrstuhl wieder in Gang. Zum Glück wartete niemand in der Tiefgarage; sie stiegen aus und gingen zu ihren Autos.

Er nahm ihr die Schlüssel aus den zitternden Händen und öffnete ihren Wagen für sie. Cyn glitt hinter das Steuer, er reichte ihr den Schlüssel durch die offene Tür, lehnte sich hinein und strich mit seinem Mund über ihre Lippen.

»Morgen Abend, Cyn.«

»Morgen Abend, Worth.«

# 12

»Hallo.«

»Hallo.«

»Du siehst fantastisch aus.«

»Danke.«

Worth reichte ihr die Hand und zog sie ins Zimmer. Dann blieb er vor ihr stehen und betrachtete sie eingehend von oben bis unten.

»Hinreißend.«

Sie senkte bescheiden den Blick, gestand sich jedoch heimlich selbst ein, dass sich die in ihr Aussehen investierte Mühe gelohnt hatte. Im Beautysalon hatte sie sich maniküren lassen, ihre Zehennägel hatte sie selbst pedikürt und sich die Beine enthaart.

Da sie sich wegen ihres abendlichen Ausflugs ein wenig schuldig fühlte, hatte sie Brandon zu einer Pizza in seinem Lieblingsrestaurant eingeladen, auch wenn es mehr für seine Ausstattung als für sein Essen berühmt war, und ihn danach zu seinem Freund gefahren.

Genüsslich hatte sie sich ein ausgedehntes Schaumbad gegönnt und sich auch mit dem Make-up mehr Zeit gelassen als sonst. Eine weitere Extravaganz war das neue Kleid, dessen unerhörten Preis sie nur mit dem Argument rechtfertigen konnte, dass sie sich schon seit ewigen Zeiten nichts mehr Neues zum Ausgehen gekauft hatte. Der weiche schwarze Jerseystoff schmiegte sich angenehm um ihren Körper; der tiefe V-Ausschnitt war provokativ, doch die lange, doppelte Strassperlenkette nahm diesen Eindruck ein wenig zurück.

»Du siehst beinahe zu perfekt aus, um dich anzufassen«, meinte er. »Beinahe.«

Er wollte sie zur Begrüßung küssen. Cyn legte etwas den Kopf zur Seite, doch unglücklicherweise neigte er seinen zur selben Seite, und so trafen statt ihrer Lippen ihre Nasen aufeinander. Dann wandten sie den Kopf gleichzeitig auf die andere Seite, mit dem Ergebnis, dass sie noch einmal mit den Nasen aneinanderstießen.

»Du neigst dich nach rechts und ich auch, okay?«, sagte er mit einem leisen Lachen.

»Okay.«

Der Kuss wurde zärtlich und liebevoll.

»Bereit für Frozen Margaritas?«, flüsterte er, ohne die Lippen von ihrem Mund zu nehmen.

»Kleine Erinnerung an Acapulco?«

»Ich tue, was ich kann, um dir zu gefallen.«

Worth brachte sie zu dem weißen Ledersofa im Wohnzimmer und verschwand in der Küche. Ganz unverfroren hatte er alles perfekt dafür vorbereitet, sie zu verführen. Aus der teuren Stereoanlage erklang eine herzzerreißende Ballade von Linda Ronstadt, und das halbdunkle Apartment wurde nur punktuell von kleinen Kegeln goldenen Lichts erhellt. Der Esstisch war mit feinem Porzellan gedeckt und mit einem exotischen Tafelaufsatz aus Paradiesvögeln und Tigerlilien geschmückt.

»Verdammt!«

»Worth?«

»Komme gleich.«

Durch die Verzögerung und seinen offenkundigen Ärger neugierig geworden, ging sie zu ihm in die Küche, wo er gerade ein Elektrogerät verfluchte, das aussah wie ein von einem geistesgestörten Zahnarzt entworfenes Folterinstrument, oder auch wie ein Vibrator für ziemlich perverse Zeitgenossen.

»Was ist das?«, fragte sie mit einem argwöhnischen Blick auf das seltsame Etwas.

»Das habe ich neulich erst gekauft. Es ist ein Stabmixer, aber er funktioniert einfach nicht richtig.« Er versuchte es wieder – ohne Erfolg.

»Hast du die Beschreibung gelesen?«

»Nein, wieso denn? Wie schwierig kann der Umgang mit so einem Ding schon sein?«

»Wo ist sie?«

»Ich habe sie mit der Verpackung weggeworfen.«

Sie verkniff es sich zu sagen, dass das ausgesprochen dumm gewesen war. Wie alle technisch »weniger begabten« Männer warf er das »Ding« nach einer Weile frustriert in die Ecke.

»Ich glaube, so kommst du nicht weiter, Worth. Warum nimmst du nicht einfach deinen normalen Mixer?«

»Den habe ich ins Büro gebracht, nachdem ich diesen hier gekauft hatte ...«

»Ich mag Margaritas sowieso lieber mit Eiswürfeln«, unterbrach sie ihn rasch.

»Wirklich?«

»Ja. Wirklich.«

Am Ende löffelten sie Eisbröckchen mit Margarita-Geschmack aus ihren Gläsern. Irgendwann stellte Worth seinen »Cocktail« beiseite und schenkte sich einen Scotch mit Wasser ein, nicht ohne den High-Tech-Mixer noch einmal kräftig zu verdammen.

»Das ist doch nicht schlimm, Worth.«

»Aber ich wollte, dass alles perfekt ist!«

Zu diesem Zeitpunkt hatten sie noch keine Ahnung, dass das Margarita-Chaos der Höhepunkt des Abends sein würde.

Worths Essbesteck fiel mit einem lauten Klappern auf seinen Teller, als er auch diesen wütend beiseite räumte.

»Ich habe vierzig Dollar für diese Steaks bezahlt. Es geht mir ja gar nicht um das Geld, aber ich hatte einfach erwartet, dass sie wenigstens genießbar sind!«

»Bist du sicher, dass er sagte, man müsste sie lediglich aufwärmen?«

Kurz zuvor hatte er ihr erzählt, er habe die Steaks in einem der besten Restaurants der Stadt gekauft. Cyn schluckte den Bissen hinunter, den sie so lange gekaut hatte, dass ihr die Kiefer schmerzten. Das Fleisch besaß die Konsistenz einer Schuhsohle und schmeckte nach nichts.

»Der Küchenchef persönlich hat mir gesagt, was ich tun soll. Und versprochen, sie würden *magnifique* sein!«

Er küsste die Spitzen von Daumen und Zeigefinger, den französischen Küchenchef nachäffend, der ihm die Steaks verkauft und ihn dabei kräftig übers Ohr gehauen hatte.

»Ich habe sowieso keinen richtigen Hunger«, log Cyn.

Sie hatte mittags durchgearbeitet, damit sie kein schlechtes Gewissen haben musste, weil sie wegen ihres Termins im Schönheitssalon heute früher Schluss gemacht hatte als sonst. Von Brandons Pappdeckelpizza wollte sie nichts haben, und für eine kleine Mahlzeit zwischendurch war keine Zeit gewesen.

Wenn Worth nicht schon wegen der Margaritas und des Essens wütend gewesen wäre, hätte sie ihm vorgeschlagen, seinen Kühlschrank zu plündern und einfach belegte Brote zu machen. Aber angesichts seiner momentanen Verfassung erschien es klüger, lieber ganz auf das Abendessen zu verzichten.

»Tut mir leid wegen der Steaks«, sagte er zerknirscht und nahm die Serviette ab.

»Kein Problem. Nehmen wir einfach den Wein – oh, lieber Gott!«

Während sie sprach, stand Cyn mit ihrem Weinglas in der Hand auf und schob ihren Stuhl nach hinten. Doch ihr hoher Absatz verfing sich in dem Orientteppich unter dem Tisch; sie verlor das Gleichgewicht und ließ das Glas fallen. Es zerbrach nicht, doch der köstliche Burgunder würde auf immer und ewig in den Fasern von Worths ganzem Stolz sichtbar bleiben.

Sie warf sich auf die Knie.

»Oh Worth, um Himmels willen! Ich kann nicht glauben, was ich gemacht habe. Gib mir eine Serviette. Schnell!«

Hektisch drückte sie die Serviette wieder und wieder auf den roten Fleck.

»Was ist gut für Wein?«, fragte sie.

»Käse«, erwiderte er bedrückt.

»Ich meine, um ihn herauszubekommen! Sodawasser? Essig? Kaltes Wasser? Vielleicht, wenn wir ein Handtuch in kaltes Wasser tauchen und …«

»Vergiss es, Cyn.« Er ergriff sie am Arm und zog sie auf die Füße. »Irgendjemand kriegt den Fleck bestimmt heraus. Eine Spezialreinigung. Wahrscheinlich. Vielleicht.«

»Worth, ich könnte in Grund und Boden versinken«, jammerte sie.

Er hatte einer Frau den Laufpass gegeben, nur weil sie Kaugummipapier in seinen Aschenbecher geworfen hatte. Und sie hatte einen teuren, edlen Teppich ruiniert.

»Ich weiß noch, wie du diesen Teppich gekauft hast. Du warst so stolz darauf.«

»Mhm. War ich. Bin ich«, korrigierte er sich rasch. »Ich meinte, bin ich.«

»Oohh!« Sie rang verzweifelt die Hände.

Er zog sie in seine Arme, küsste ihren Nacken und drückte sie an sich.

»Vergiss den blöden Teppich, Cyn. Er ist mir nicht annähernd so wichtig wie die Tatsache, dass du bei mir bist und wir uns bald lieben werden.«

Sie legte den Kopf in den Nacken und blickte ihm in die Augen. Seine Finger strichen leicht durch ihr Haar.

»Versprochen?«

Worth küsste sie leidenschaftlich.

»Versprochen.«

Er ergriff ihre Hand und führte sie ins Schlafzimmer. Cyn folgte ihm zaghaft. Sie hatte ihn oft damit gehänselt, dass sein Schlafzimmer so unverhüllt zum Sex einladen würde. Auf dem Boden war ein Zebrafell ausgebreitet. Die Tagesdecke bestand aus schwarzem Leder, und die Beleuchtung war indirekt; die ganze Atmosphäre regte zu Genuss und Ausschweifung an. Er hatte die Decke bereits zurückgeschlagen; Cyn staunte über die riesige Fläche aus elfenbeinfarbenen Satinlaken.

Ihr Herz begann zu rasen. Dieses Zimmer, das wusste sie, war Schauplatz zahlreicher Verführungen gewesen. Sie wollte sich von den anderen unterscheiden. Sie wollte, dass sich diese Nacht unauslöschlich in sein Gedächtnis einprägte.

Und wieder einmal bekam sie mehr, als sie sich erhofft hatte.

Er drehte sie zu sich um. Nach einigen leicht auf ihren Mund gehauchten Küssen öffnete er zärtlich ihre Lippen mit seiner Zunge und bewegte diese sanft vor und zurück, bis Cyn seine Schultern umklammerte und ihren Körper seinem entgegenwölbte.

»Ich möchte dich ausziehen, Cyn.«

Er flüsterte ihr die Bitte ins Haar und lehnte sich dann zurück, um aus ihrer Miene ihre Reaktion abzulesen.

Sie befeuchtete sich die Lippen und nickte rasch mit einem nervösen Lächeln. Worth kniete sich vor sie und nahm ihr die Schuhe ab, eine Geste, die sie als besonders liebevoll und sehr sinnlich empfand, als er mit warmen Händen erst den einen und dann den anderen Fuß umfasste.

Dann stand er auf, legte die Arme um sie und griff nach dem Reißverschluss ihres Kleids. Irgendwie schaffte er es jedoch nicht, ihn zu öffnen, sosehr er es auch versuchte. »Vielleicht kann ich helfen«, meinte sie und schob seine Hände zur Seite.

Oder versuchte es zumindest. Doch seine Armbanduhr hatte sich im Stoff ihres Kleides verhakt.

»Warte, ich hänge fest«, sagte er, als er das Problem erkannte. »Dreh dich um.«

Sie drehte sich unter seinem Arm durch. Schließlich schaffte er es, seine Uhr freizubekommen und den Reißverschluss zu öffnen. Seine liebkosenden Hände ließen ihr Kleid wie nebenbei zu Boden gleiten, doch der Zauber der Situation war gebrochen, die Sinnlichkeit empfindlich gestört.

»Ich glaube, es hat nicht allzu viel Unheil angerichtet«, sagte er und betrachtete den Schaden.

Cyn entfernte den herausgezogenen Faden aus dem Gewebe ihres nagelneuen, sehr teuren Kleids.

»Nein, nicht viel.«

»Tut mir leid.«

»Macht nichts.«

Worth legte sein marineblaues Jackett ab und hängte es über eine Stuhllehne. Cyn versuchte, die romantische Stimmung wiederzubeleben, und half ihm dabei, den weißen Rollkragenpullover über den Kopf zu ziehen. Mit nackter Brust stand er dann vor ihr, küsste die Innenseite ihrer Hand und legte sie auf sein Herz.

»Du bist wunderschön, Cyn.«

»Du auch.«

»Ich begehre dich.«

»Ich dich auch. So sehr, dass es wehtut.« Das gefiel ihm. Er grinste spitzbübisch.

»Es tut dir weh? Wo? Hier?«

Er legte eine Hand um eine ihrer von einem hauchdünnen schwarzen Spitzen-BH umhüllten Brüste.

»Hier?«

Er ließ den Daumen über die Spitze gleiten.

»Hier?«

Seine andere Hand strich warm über ihren kurzen schwarzen Unterrock, drückte leicht auf ihren nach innen gewölbten Bauch und legte sich dann über ihren Venushügel.

»Hier?«

Seine Finger bewegten sich nur leicht; ihr Atem ging unregelmäßig.

»Das macht mich schwach.«

Er hob sie auf seine Arme und trug sie zum Bett, legte sie sanft auf die satinbezogenen Kissen und zog sich dann rasch aus. Er war einfach schön. Sonnengebräunt, nackt und geschmeidig und erregt legte er sich zu ihr, und ihre Münder fanden sich zu einem heißen und leidenschaftlichen Kuss, nach dem sie beide vor Verlangen keuchten.

Dann kniete er sich vor sie, hakte die Daumen in den Bund ihres Höschens und zog es ihr aus. Ihr Straps, die Strümpfe, der knappe Slip – alles neu, alles schwarz – raubten ihm den Atem.

Mit einem sehnsuchtsvollen Murmeln legte er sich wieder zu ihr und schloss sie in die Arme.

»Berühre mich, Cyn.«

Sie legte scheu eine Hand auf seine Brust, spürte die gekräuselten Haare an ihrem Handteller, an den Fingerspitzen. Als sie leicht über eine Brustwarze strich, stöhnte er vor Lust.

»Berühre mich … dort unten. Bitte.« Ihre Hand, die gegen seinen maskulinen Rumpf klein und zierlich wirkte, wanderte langsam über seine Brust abwärts zu seinem flachen Bauch, über seinen Nabel und durch dichte Körperbehaarung bis zum Sitz seiner Männlichkeit. Schüchtern streichelte sie den samtenen Schaft, ehe sich ihre Finger darum schlossen.

Worth jaulte auf.

Cyn schrie.

Das Telefon klingelte.

Er schoss senkrecht in die Höhe, das Gesicht vor Schmerz verzerrt.

»Oh Gott!«, schrie sie entsetzt und zog erschrocken ihre Hand zurück. »Was habe ich falsch gemacht? Worth! Worth! Was ist los?«

»Mein … mein Bein.«

Er fiel auf die Kissen zurück, rollte von einer Seite zur anderen und schlug mit beiden Händen auf die Matratze ein.

»Dein Bein?«

»Meine Wade. Ein Krampf. Ah! Verdammt, tut das weh!«

Er tat ihr leid, wie er sich so vor Schmerzen krümmte, und sie biss sich in verzweifelter Hilflosigkeit auf die Lippe. Das Telefon klingelte ungefähr zum vierten Mal. Unermesslich erleichtert, dass nicht sie an seiner Qual schuld war, nahm sie den Hörer ab.

»Hallo, hier bei Lansing.«

»Sind Sie Mrs McCall?«

Sie hatte absolut nicht damit gerechnet, dass der Anruf ihr galt. »Ja?«

»Hier ist Ihr Telefonservice. Sie haben uns diese Nummer für einen etwaigen Notfall hinterlassen.«

»Richtig. Was ist los?«

»Es wird langsam besser«, presste Worth durch die zusammengebissenen Zähne hervor und dehnte vorsichtig den Muskel, der sich verkrampft hatte.

»Die Polizei hat angerufen und ...«

»Die Polizei!«, rief Cyn alarmiert. »Ist etwas mit Brandon! Ist ihm etwas zugestoßen? Oder meiner Mutter?«

»Ich glaube, Officer Burton erwähnte nichts dergleichen.«

»Officer Burton?«

»Ja. Er gab uns eine Nummer mit der dringenden Bitte, Sie möchten dort sofort anrufen.«

Cyn rollte sich vom Bett und suchte in der Schublade des Nachttischchens etwas zum Schreiben.

»Okay, ich höre.« Sie notierte eine Nummer auf die erste Seite von Worths kleinem schwarzem Adressbuch über den Namen »Jennifer Adams«.

»Danke.« Sie legte auf und wählte die durchgegebene Nummer.

»Wer war das? Was ist passiert?« Worth massierte seine Wade und blickte besorgt zu Cyn.

»Mein Telefonservice. Ein Polizeibeamter versucht, mich zu erreichen.«

»Ein Polizist? Was hat das zu bedeuten?«

»Ich weiß nicht. Hallo?« Ihr Anruf wurde schon nach dem ersten Klingelzeichen entgegengenommen. »Spreche ich mit Officer Burton? Hier ist Cynthia McCall.«

»Mrs McCall«, schrie der Mann über den Lärm im Hintergrund hinweg, »danke, dass Sie zurückrufen. Ich bin im Haus der Davenports.«

»Wo? Wer?«

»Bei den Davenports. Hier draußen in Bent Tree. Jedenfalls, die Tochter, Sheryl, hat sich in ihr Zimmer eingeschlossen und weigert sich herauszukommen.«

Cyn fuhr sich durch die Haare. Sie war so unglaublich

erleichtert, dass der Notruf nicht Brandon oder Ladonia galt, dass sie im ersten Moment gar nicht registriert hatte, wer die Davenports und ihre Tochter Sheryl waren.

»Geht es Sheryl gut?«

»So weit wir wissen, ist sie unverletzt, aber sie klingt sehr durcheinander. Ich fand Ihre Visitenkarte in Sheryls Handtasche, und da dachte ich, vielleicht können Sie helfen.«

»Sie sagen, sie hat sich in ihrem Zimmer eingesperrt und kommt nicht heraus?«

»Richtig. Ihre Eltern versuchen, sie dazu zu bewegen, entweder herauszukommen oder wenigstens einen von ihnen beiden hineinzulassen, aber sie weigert sich strikt.« Mit gedämpfter Stimme fuhr er fort: »Ich fürchte, sie könnte sich etwas antun. Verstehen Sie, was ich meine?«

Eine eisige Furcht befiel Cyn.

»Ja, ich verstehe, was Sie meinen. Wie ist die Adresse, und wie komme ich aus der Gegend von Turtle Creek dorthin?«

Nachdem sie die Instruktionen des Beamten über Jennifer Adams' Adresse gekritzelt hatte, legte sie auf und suchte eilig ihre Sachen zusammen. Worth hatte mitbekommen, dass etwas sehr Dringendes vorlag; er stand bereits in Hose und Schuhen da und zog gerade seinen Rollkragenpullover über.

»Eines der Mädchen, die ich berate, ist in Schwierigkeiten«, erklärte sie ihm. »Ich muss zu ihr.«

»Ich fahre dich.«

Ihre geschäftigen Hände setzten für einen kurzen Moment aus. Sie sah ihn an – und in diesem Augenblick wusste sie, dass sie ihn liebte.

Er hatte keine Fragen gestellt. Er hatte sie nicht zu einer Erklärung gedrängt. Er hatte seine bedingungslose

Bereitwilligkeit zur Hilfe gezeigt. Er hatte keinen Streit vom Zaun gebrochen. Und er hatte sich nicht über die Unannehmlichkeit beschwert, die ihm aufgebürdet wurde.

Genau wie an jenem Tag, als Tim am Schauplatz eines grauenvollen Unfalls für tot erklärt wurde, war Worth da und bot ihr ganz selbstverständlich seine Hilfe an. Bot ihr sich selbst an.

Leise, ernst und mit dem Wunsch, sie hätte die Zeit, ihm mehr zu sagen, meinte sie nur: »Danke, Worth.«

# 13

Etwas nach Mitternacht kamen sie vor Cyns Haus an. Worth fragte nicht, ob er sie hineinbringen sollte, er tat es einfach. Cyn dachte nicht einmal daran, ihn darum zu bitten. Er war es, der die Hintertür aufsperrte und drinnen das Licht einschaltete.

»Hast du auch so einen Riesenhunger wie ich?«, fragte sie.

»Und ob. Was hast du?«

»Sehen wir nach.«

Sie machten sich gegrillte Käsesandwichs im Backofen. »Besser als diese Vierzig-Dollar-Steaks«, meinte er höhnisch, als er lustvoll hineinbiss.

»Die erste Hälfte dieses Abends hatte ich schon fast vergessen.«

»Gut. Die kann man auch getrost vergessen.« Sie blickten sich über den Tisch hinweg an und begannen gleichzeitig zu lachen.

»Die reinste Katastrophe!«, rief er und breitete hilflos die Arme aus.

»Ich habe deinen Teppich ruiniert.«

»Und ich dein Kleid.«

»Der Teppich hat sicher tausendmal mehr gekostet. Aber das war nichts im Vergleich zu dem, was ich glaubte, mit deinem ... Als du so aufgeheult hast, habe ich fast einen Herzanfall bekommen. Ich dachte, ich hätte dich entmannt.«

Er rieb sich mit einer Papierserviette die Lachtränen aus den Augen.

»In dem Augenblick habe ich nicht mitbekommen, was du dachtest. Du dachtest …«

Ein neuerlicher Lachanfall schüttelte ihn so sehr, dass er nach Luft japste.

»Arme Cyn. Ich hätte dich warnen sollen. Manchmal bekomme ich nachts solche Krämpfe – normalerweise, wenn ich mich vor dem Training ungenügend aufgewärmt oder danach nicht richtig abgekühlt habe. Aber das war das erste Mal, dass es mir passiert ist, als ich mit einer Frau im Bett war.«

»Ich wäre auch gut ohne diese zweifelhafte Ehre ausgekommen, vielen Dank.«

Als sein Lachen schließlich erstarb, ergriff er über den Tisch hinweg ihre Hand.

»Du warst fabelhaft, Cyn. Wirklich klasse.«

Sie blickte ihn spöttisch an, und daraufhin erklärte er, was er meinte.

»Wie du mit der Situation bei den Davenports umgegangen bist. Dafür hast du wirklich meine größte Bewunderung und meinen Respekt.«

Sie seufzte laut und gedehnt. Das Lachen zuvor war eine dringend benötigte Lockerungsübung gewesen, um die Spannung abzubauen, die durch die Geschichte bei den Davenports entstanden war. Worths liebenswürdige Erinnerung daran wirkte sofort ernüchternd.

»Es freut mich, dass du das so siehst, Worth, aber ich verdiene deswegen keine Auszeichnung. Ich habe am ganzen Leib gezittert, solche Angst hatte ich, dass ich die Lage vielleicht nur verschlimmern würde.«

»Nein«, widersprach er, »du warst ganz ausgezeichnet, sobald du hineingegangen bist und sie gesehen hast.«

»Dafür habe ich dir zu danken«, erinnerte sie ihn.

Die Szene bei ihrer Ankunft vor der Villa der Davenports war noch schlimmer gewesen, als Cyn befürchtet hatte. Auf der nur von millionenschweren Anwesen gesäumten Straße standen neugierige Nachbarn herum. Mehrere Polizeiautos waren dem Alarm gefolgt, den, wie sich später herausstellte, Sheryl selbst ausgelöst hatte.

Sie sei verzweifelt gewesen, erzählte sie Cyn, und habe nicht gewusst, was sie anderes tun könne. Sie hätte gespürt, dass sie die Kontrolle über sich verlor, und auf diese Weise um Hilfe gerufen.

Mr und Mrs Davenport schienen allerdings mehr wegen der negativen Aufmerksamkeit besorgt zu sein, die sie auf sich zogen, als um das Wohl ihrer Tochter.

Als Officer Burton Cyn die Treppe hinauf ins Haus brachte und Sheryl ihre Ankunft mitteilte, hatte Mr Davenport aufgebracht gefragt, wer sie überhaupt sei und welches Recht sie habe, in die Privatsphäre seiner Familie einzudringen.

»Ich habe sie gerufen«, erklärte der Polizeibeamte.

»Weshalb?«

»Ich bin schon seit einiger Zeit dabei, Ihrer Tochter bei einigen Problemen zu helfen, Mr Davenport.«

Ihre Stimme war ruhig gewesen, doch innerlich hatte sich Cyn verzweifelt gefragt, was wohl hinter der verschlossenen Tür von Sheryls Zimmer vor sich ging.

»Wenn meine Tochter irgendwelche Probleme hat«, erklärte der Vater mit steifer Autorität, »dann kann sie sich bei ihrer Mutter oder bei mir Hilfe holen!«

»Offenbar nicht!«

»Nun hören Sie mir mal gut zu, junge Frau ...«

»Nein, jetzt hören Sie mal zu, Freundchen!«

Das war der Augenblick gewesen, in dem Worth Mr Davenport am Arm packte und ihm in unmissverständlichen Worten erklärte, Cyn werde nun versuchen, Sheryl zum Öffnen ihrer Tür zu überreden, ob ihm das gefalle oder nicht.

»Denn deswegen ist sie gekommen, und das wird sie jetzt tun, also gehen Sie aus dem Weg, und lassen Sie sie ihre Arbeit machen!«

Mehreren Polizisten, Officer Burton eingeschlossen, schien es zu gefallen, dass Worth dem Immobilienmogul gegenüber massiv wurde, der sie mit seiner herrischen Art eingeschüchtert hatte. Burton gab Davenport mit einem Nicken zu verstehen, dass er Worths Vorgehen guthieß, woraufhin Sheryls Vater aufgeplustert wie ein Gockel zur Seite trat und zuließ, dass Cyn zum Zimmer seiner Tochter ging.

»Mir hat es nicht gefallen, wie er mit dir umgesprungen ist«, erklärte Worth und ging zum Kühlschrank, um die Milch zu holen.

»Du hattest Feuer in den Augen.«

»Jetzt wünschte ich mir, ich hätte ihm eins auf die Fresse gegeben.«

»Ich bin froh, dass du das nicht gemacht hast, aber vielen Dank für meine Rettung.«

»Rettung, pah!«, spottete er. »Wenn da jemand gerettet wurde, dann Davenport. Ich dachte schon, du fällst selbst über ihn her.« Er füllte ihre Gläser nach.

»Ich erwarte nicht, dass du Sheryls Dilemma vor mir ausbreitest, Cyn, aber was immer du zu ihr gesagt hast, hat Wunder gewirkt. Sie schien absolut beruhigt, als sie herauskam und diesem aufgeblasenen Trottel und Mrs Davenport erklärte, dass sie in der zehnten Woche schwanger sei.«

Cyn legte die Hände um ihr Glas.

»Als sie mich hineinließ, bemerkte ich als Erstes eine Packung Schlaftabletten auf dem Nachtkästchen. Sie hatte noch keine genommen, aber sie sagte, sie habe daran gedacht, sie alle zu schlucken – anstatt ihren Eltern von dem Baby zu erzählen.« Ihre Hände zitterten, als sie das Glas an die Lippen setzte.

»Dann hast du wirklich eine Katastrophe verhindert.«

»Sheryl hat sie selbst verhindert.«

»Aber sie hätte sich vielleicht von ihren Gefühlen überwältigen lassen, wenn du ihr nicht eine Perspektive aufgezeigt hättest.«

»Sie sagte, es sei ihr gleichgültig, ob sie leben oder sterben würde. Nur ihr Kind wolle sie nicht umbringen.« Tränen schimmerten in ihren Augen, als sie ihm das erzählte. »Ich sagte ihr, das sei ein edler und guter Grund, nicht Selbstmord zu begehen, aber meiner Meinung nach sei auch ihr eigenes Leben es wert, gerettet zu werden, ob sie nun den Erwartungen ihrer Eltern entsprechen würde oder nicht.«

Worth klopfte leicht auf seinen Schenkel, ergriff Cyn an der Hand und zog sie auf seinen Schoß. Sie legte den Kopf an seine Schulter und schmiegte sich an ihn, und er schlang die Arme um sie.

»Ich möchte dich nicht mehr sagen hören, du seist eine schlechte Beraterin.« Seine Stimme klang ernst, doch er strich ihr leicht über das Haar und küsste sie zärtlich auf eine Augenbraue. »Heute Abend hast du das Gegenteil bewiesen. Du bist diesen jungen Frauen mit ihren Problemen eine enorme Hilfe. Wie schon gesagt, du warst einfach fabelhaft.«

»Ich bin gar nicht so fabelhaft, Worth,« hielt sie dagegen. »Sheryls Probleme sind sehr ernst, sie verändern ihr Leben entscheidend. Im Vergleich dazu sind meine eigenen ein Klacks. Aber noch vor ein paar Wochen habe ich mich über mein Leben beklagt und mir ein bisschen Chaos gewünscht. Heute Nacht habe ich ein wirkliches Chaos zu sehen bekommen, und es war alles andere als schön. Kein Wunder, dass sich meine Mutter so über mich geärgert hat. Wie selbstsüchtig kann der Mensch nur sein?«

»Sei nicht so streng mit dir. Wenn es um Liebe oder Aufmerksamkeit geht, dann sind wir alle selbstsüchtig, Cyn.«

»Genau das ist es, was Sheryl eigentlich will, nicht wahr? Liebe.«

Worth nickte.

»Und ich wollte auch nichts anderes«, murmelte sie gedankenverloren.

Dieses undefinierbare Etwas, das in ihrem Leben gefehlt hatte, war Liebe. Oder besser: ein Kanal, in den sich all die Liebe ergießen konnte, die früher ihrem Ehemann gegolten hatte – leidenschaftliche, romantische, wunderschöne Liebe. Doch sie hätte sich vorher kaum vorstellen können, dass die Heilung mehr schmerzen würde als das Leiden selbst.

»Nun, ich bekomme ja eine Menge Liebe«, sagte sie mit mehr Elan, als sie in sich spürte. »Von meiner Mutter. Von Brandon.«

Sie setzte sich auf und lächelte Worth zu.

»Und ich habe den allerbesten Freund, den man sich wünschen kann.«

»Ja, und vergiss nicht, dass du mich auch noch hast.«

»Du Idiot.« Sie zielte auf seinen Kopf, doch er duckte sich rechtzeitig. Dann stand er auf und zog sie hoch. »Wohin gehen wir?«

»Ins Bett. Du siehst nicht sonderlich frisch aus.«

»Besten Dank!«

»Wenn dir dein bester Freund nicht die Wahrheit sagen darf, wer dann?«

»Ich bin wirklich erschöpft«, räumte sie ein.

»Zieh dein Nachthemd an«, sagte er, als er sie im Schlafzimmer absetzte. »Ich decke das Bett auf.«

Sie ließ ihre Kleidung in einem Haufen auf dem Boden

des Badezimmers liegen, zog ein langes T-Shirt über und tippelte barfuß ins Schlafzimmer zurück.

»Hinein mit dir.« Er hob die Decke für sie hoch, und sie schlüpfte darunter. Dann schaltete er das Licht aus. Sekunden später gab die Matratze unter seinem Gewicht nach.

»Worth?«

»Hmm?« Er zog sie an seine Brust, streichelte ihre Wange, ihre Schulter, ihren Rücken.

»Ich hatte solche Angst«, flüsterte sie unter Tränen.

»Schsch. Ich weiß. Aber du bist aufgetreten wie ein Profi, und alle sind in Sicherheit.«

»Ich liebe dich.«

»Ich weiß.«

»Ich meine, wirklich.«

»Ich weiß. Ich liebe dich auch, Cyn.«

Sie wollte ihm sagen, dass er es nicht wusste. Denn sie meinte nicht die Liebe zwischen Freunden, und das musste er noch begreifen. Doch in seinen Armen fühlte sie sich so entspannt, dass ihr die Augen zufielen und sie ohne ein weiteres Wort einschlief.

Als sie am nächsten Morgen aufwachte, liebkoste er ihr Ohr.

»Worth?«

»Genau.«

Sie lächelte mit geschlossenen Augen vor sich hin. Der Klang seiner tiefen Stimme, die jetzt so nah und ihr so kostbar war, erfüllte ihren ganzen Körper mit einem Glücksgefühl.

»Wie spät ist es?«

»Spielt das eine Rolle?«

»Eigentlich nicht.«

»Dreh dich um. Mit dieser Seite bin ich fertig.«

Sie rollte sich auf den Rücken. Als sie die Augen öffnete, sah sie sein Gesicht lächelnd über ihres gebeugt. Er sah unrasiert, zerzaust und verrucht aus.

Er klang sogar verrucht, als er sagte: »Ich liebe es, neben einer wunderbaren, sexy Frau aufzuwachen.«

»Was willst du dann hier?«

Mit einem Grinsen schob er ihr T-Shirt hoch und blickte auf ihre rosige Nacktheit.

»Aha! Hab ich's doch gewusst! Wunderbar und sexy.«

»Du bist verrückt.«

»Dafür gibt es einen Grund.«

»Ah ja? Schlechte Gene?«

»Ich bin ein wenig entnervt, weil ich so lange schon total steif daliege.«

Sie schützte Erstaunen vor.

»Ich dachte schon, wir haben ein Werkzeug zum Reifenwechseln im Bett.«

Amüsiert über den lustigen Wortwechsel, lächelte er träge.

»Guten Morgen.«

»Guten Morgen.«

Ihre Erwiderung endete mit einem leisen Stöhnen, denn er umfasste eine ihrer Brüste und senkte seine Lippen über sie. Seine Zunge und seine Zähne spielten mit der Spitze, bis Cyn ihm schwer atmend die Haare zerwühlte.

Bartstoppeln kratzten über ihre Haut, als sein Kopf langsam weiter nach unten glitt. Sie bewegte sich lustvoll unter ihm, ohne Scham, und er küsste ihren Nabel und die empfindliche Stelle darunter bis hin zu dem Delta aus weichem braunem Haar.

Doch als er auch dort noch nicht aufhörte, wurde sie scheu.

»Worth?«, wimmerte sie unsicher und versuchte, die Schenkel zu schließen. Er ließ es nicht zu. Es kam zu einem Wettstreit der Willen, bei dem sein liebevolles, sanftes Beharren mit Leichtigkeit über ihre Hemmungen siegte und sie mit einer erregenden Ausdrucksform der Liebe bekannt machte.

Nach ihrem ersten wogenden Höhepunkt gab er immer noch keine Ruhe.

»Worth, ich kann nicht.«

»Klar kannst du.«

Sie konnte. Und er war noch immer nicht am Ende. Wieder und wieder liebkoste er sie zärtlich, bis sich ihre Anspannung entlud. Nach der Explosion lag sie ermattet und zitternd da, schweißgebadet und schlaff vor Erschöpfung.

Er drehte sie auf den Bauch und legte sich auf sie. Strich ihr die feuchten Haare aus dem Nacken, bedeckte ihn mit Küssen und murmelte ihr dabei leise ins Ohr.

»Ich habe dich schon immer gemocht, Cyn. Schon als wir uns zum ersten Mal sahen, dachte ich, du bist heiter und lustig und süß. Als unsere Freundschaft wuchs und ich dich besser kennenlernte, begann ich, dich zu lieben. Mit respektvollem Abstand. Als die treue und liebende Frau meines besten Freundes.

Ich habe nie eine schönere Frau gesehen als dich an dem Tag, als du Brandon in deinen Armen von der Klinik nach Hause brachtest. Ich bewunderte dich für den Mut, den du zeigtest, als Tim ums Leben kam. Ich hielt unsere Freundschaft in Ehren, die sogar weiterbestand, als Tim nicht mehr da war. Irgendetwas hat uns verbunden. Aber ich habe nie innegehalten und gefragt, was es war.«

Er spreizte ihre Beine und begann, ihre Schultern und ihren Rücken zu massieren.

»Dann sind wir nach Mexiko geflogen.«

Seine Hände glitten an ihren Seiten hinab, von den Unterarmen zu den Hüften, entlang den Halbkreisen, die ihre Brüste auf dem Bett formten.

»Ich schwöre dir, Cyn, ich habe nie eine Frau so begehrt wie dich, und mich deswegen auch nie so verdammt schuldig gefühlt. Ich habe dich in einem völlig neuen Licht gesehen, auf eine Weise wie niemals zuvor.«

Er drückte mit beiden Händen Cyns Taille, strich dann über ihre Pobacken und legte schließlich die Hände auf ihre Schenkel. »Du warst auf einmal die begehrenswerteste Frau, die ich je gekannt hatte. Ich hörte auf, dich als die Witwe meines Freundes oder als meine gute Freundin zu sehen, und begann, dich als Frau zu betrachten, die ich unbedingt lieben wollte. Du warst amüsant. Intelligent. Sensibel und fürsorglich. Wahnsinnig sexy. Ich hatte mich verliebt!«, stellte er ganz einfach fest.

Er drehte sie um und erschrak über die Tränen auf ihren Wangen.

»Cyn?«

»Ich hatte unrecht«, sagte sie mit einer Stimme, die vor Gefühl heiser war. »Du bist ein Poet.«

Er schloss sie in seine Arme und bedeckte ihr Gesicht mit glühenden Küssen.

»Oh Gott, ich liebe dich.«

»Als Freundin?«

Sein Körper verband sich mit ihrem.

»Als mein Ein und Alles.«

Die Küche war ein Chaos. Frisch aus der Dusche und nur mit einem Morgenmantel bekleidet, warf Cyn von der Tür aus einen bedrückten Blick hinein, bevor sie sich an die Arbeit machte. Sie befüllte gerade die Spülmaschine, als sie den Riegel an der Hintertür hörte, und dann sah sie, wie sich die Tür öffnete und Ladonia hereinrauschte, gefolgt von Charlie.

»Was in aller Welt …?« Von der Untertasse, die Cyn in der Hand hielt, tropfte Wasser auf den Boden. »Ich dachte, ihr beide seid noch in Maui!«

»Wir haben unsere Pläne geändert«, erklärte Charlie, stellte einen Koffer ab und schloss rasch die Tür, um die kühle Herbstluft abzuhalten.

»Warum?«

»Um zu erfahren, was los ist«, sagte Ladonia. »Cyn, was ist passiert?«

»Was meinst du denn?«

»Ich habe gestern versucht, dich bei der Arbeit anzurufen, und sie sagten mir, du seiest früher nach Hause gegangen.«

»Ihr wart in den Flitterwochen. Wieso hast du mich angerufen?«

»Weil wir uns entschlossen hatten, zum Festland zurückzukommen und ein paar Tage in Las Vegas zu verbringen.«

»Obwohl wir dich nicht erreichen konnten, um es dir zu sagen, sind wir gestern Abend nach Los Angeles geflogen«, fügte Charlie hinzu.

»Ich habe dich noch einmal angerufen, als wir zu unserem Hotel kamen, konnte dich aber wieder nicht erreichen, obwohl es hier schon sehr spät war. Ich habe mehrere Nachrichten hinterlassen.«

»Ich habe vergessen nachzuschauen«, gab Cyn zu.

»Wo warst du letzte Nacht? Ich versuchte, Worth anzurufen, um ihn nach dir zu fragen, aber er war auch nicht zu Hause. Und heute Morgen habe ich wieder hier angerufen, aber es war über zwei Stunden besetzt.«

»Na ja … ich wollte ausschlafen«, stammelte sie.

Worth hatte das Telefon während einer Pause ihres Marathonliebesspiels ausgehängt.

»Daraufhin beschloss ich, deinen Telefonservice anzurufen«, sagte Ladonia. »Und da sagte man mir, du hättest gestern Abend einen Anruf von einem Polizeibeamten erhalten.«

»Ladonia brach im Flughafen von L.A. fast zusammen, als sie das hörte«, schaltete sich Charlie wieder ein. »Und da beschlossen wir spontan, anstatt nach Las Vegas nach Dallas zu fliegen.«

»Oh, das hättet ihr nicht tun sollen!«, rief Cyn entsetzt. »Es ist alles bestens. Der Anruf des Polizisten betraf doch nur eine Klientin aus der Klinik!«

»Wo ist Brandon?«

»Der schläft bei den Lattimores.«

»Na, Gott sei Dank ist dir nichts passiert«, sagte Ladonia und lehnte sich an ihren Bräutigam, der schützend einen Arm um sie legte. »Ich habe mir solche Sorgen gemacht. Ich konnte mir nicht vorstellen …«

Cyn folgte dem erstaunten Blick der Frischvermählten zur Tür. Worths Haare waren noch nass vom Duschen. Er hatte gerade angefangen, sie zu waschen, als sie das Badezimmer verließ. Um seine Körpermitte herum hob sich ein schmales weißes Handtuch von seinem braun gebrannten Oberkörper und den dunklen Schenkeln ab.

»Guten Morgen allerseits«, sagte er fröhlich. »Was macht ihr beide denn hier? Sind die Flitterwochen so früh schon vorbei?«

»Worth musste hier, äh, übernachten … wir sind so spät nach Hause gekommen. Ich … ich wollte gerade einen Kaffee machen«, sagte Cyn wenig überzeugend. »Möchtet ihr ein Frühstück? Mittagessen? Habt ihr im Flugzeug etwas bekommen? Ich weiß nicht genau, was ich da habe. Ich hatte keine Zeit zum Einkaufen zu …«

»Also«, unterbrach Ladonia Cyns Gestammel. »Ich sollte dir das wahrscheinlich mit gleicher Münze heimzahlen und diese Predigt über einen Mann im Haus und so weiter wiederholen, die du mir vorgetragen hast, aber ich freue mich einfach zu sehr, dass es endlich passiert ist.«

Sie blickte zu Charlie auf.

»Ich habe gewonnen.« – »Gewonnen?«, fragte Cyn. »Ich schulde ihr hundert Piepen.«

»Ich habe mit ihm gewettet, dass ihr beide, du und Worth, verrückt aufeinander seid, es aber noch nicht gemerkt habt. Und ich hatte recht!«, erklärte Ladonia mit funkelnden Augen.

»Der Trick war, euch beide dazu zu bringen, auf der Hochzeit in Begleitung zu erscheinen«, bemerkte Charlie.

»Mutter! Du hast uns manipuliert?«

»Na ja, auf eigene Faust bist du ja nicht allzu weit gekommen, nicht wahr?«

»Danke, Ladonia.« Worth legte einen Arm um Cyns Taille. »Ich entschuldige mich nicht dafür, dass ich die Nacht mit deiner Tochter verbracht habe, aber ich möchte dich und Charlie wissen lassen, dass meine Absichten ernsthaft sind. Wir werden heiraten.«

»Wir werden heiraten?«, fragte Cyn überrascht. »Seit wann denn das?«

»Habe ich vergessen, dich zu fragen?« Er schloss sie in die Arme. »Cyn, möchtest du mich heiraten und fürs ganze Leben lang meine beste Freundin und Geliebte sein?«

Als Antwort schlang sie die Arme um seinen Hals und küsste ihn lange und leidenschaftlich. Ihr Körper wurde weich und empfänglich für den Druck, den der seine ausübte.

Schließlich trat Worth einen Schritt zurück. Mit einer Hand hielt er seine spärliche Körperbedeckung fest, mit der anderen ergriff er Cyns Arm und zog sie zur Tür.

Zu Ladonia und Charlie sagte er: »Ihr müsst uns entschuldigen. Aber bei uns klappt es wesentlich besser, wenn wir spontan unserer Lust und Laune folgen!«

# Epilog

»Daddy, wie lange dauert es noch, bis Mami herauskommt?«

»Nicht mehr allzu lang, hoffentlich«, antwortete Worth und strich Brandon über die Haare. Es war noch immer jedes Mal ein kleiner Freudenschock für ihn, wenn Brandon ihn »Daddy« nannte.

Das erste Mal war das gewesen, kurz nachdem er und Cyn geheiratet hatten.

»Weißt du, Brandon«, hatte er dem Kleinen freundlich gesagt, »eigentlich war Tim McCall dein Daddy.«

»Ja, ich weiß schon, aber er ist gestorben.« Brandon verzog angestrengt nachdenkend das Gesicht, und dann blickte er plötzlich mit strahlender Miene zu Worth auf. »Ich habe einfach zwei Daddys. Ihn, als ich ein Baby war, und dich ab jetzt.«

»Eine bessere Lösung kann ich mir nicht vorstellen«, hatte Worth erwidert und den kleinen Mann in die Arme geschlossen. Cyn, die den beiden zugehört hatte, lächelte ihrem Mann über Brandons Kopf hinweg heimlich zu.

Drei Monate nach ihrer Hochzeit erfuhr Worth, dass er selbst Vater wurde. Nervös hatte er in eben diesem Büro – es war nicht das von Dr. Josh Masters – gewartet, während Cyn sich einer gynäkologischen Untersuchung unterzog, die schließlich bestätigte, worauf sie gehofft hatten.

Er hatte wundervoll verrückt reagiert, sie zum Essen ausgeführt und einen ebenso aufwühlenden wie zärtlichen Liebesabend mit ihr verbracht, bei dem er ihr und seinem künftigen Kind zärtliche Worte zuflüsterte.

Und er konnte es kaum erwarten, dass ein Baby das freie Schlafzimmer in ihrem neuen Heim bezog, das sie nach dem Verkauf von Cyns Haus und dem »Palast der Freuden« erworben hatten.

Gegenüber jedem, der zuzuhören gewillt war, pries er Cyns Fähigkeiten als Mutter und ließ sich in großen Worten über den Nachkommen aus, den sie unter dem Herzen trug. Er wurde ein selbsternannter Experte für pränatales Leben und langweilte alle mit einer Enzyklopädie auswendig gelernter Belanglosigkeiten.

Ladonia erklärte ihm, er sei der besessenste werdende Vater, den sie je erlebt habe, doch er umarmte sie lediglich dafür.

Er rutschte unruhig auf seinem Stuhl herum, blickte besorgt auf seine Uhr und erschrak, als er feststellte, wie lange Cyn nun schon im Behandlungszimmer war. Dies sollte doch nur eine Routineuntersuchung sein, eine rasche, problemlose Angelegenheit. Deshalb waren er und Brandon mitgekommen, und danach, so hatten sie geplant, wollten sie ins Kino gehen.

»Ich habe Durst«, klagte Brandon.

»Warte noch ein bisschen. Es muss bald vorbei sein.«

»Aber Mami ist schon ewig da drinnen!« – »Ja, findest du nicht auch?«

Die meisten Bücher im Wartezimmer hatten sie schon durchgeblättert, aber zuunterst im Stapel fand Worth noch eine Bibelgeschichte, die sie zuvor übersehen hatten.

»Das wird dir gefallen«, sagte er zu dem unruhigen Kind. »Da geht es um einen, der von einem Wal verschluckt wurde.«

»Jonas.«

»Hey, ich bin beeindruckt.«

Er begann, Brandon vorzulesen. Doch sobald der ungehorsame Prophet im Bauch des Wals verschwunden war, tauchte Cyn aus dem Labyrinth von Untersuchungszimmern hinter einer Milchglastür auf.

Worth blickte ihr erwartungsvoll entgegen. Zu seiner größten Verärgerung wich sie seinem fragenden Blick aus. »Bereit fürs Kino?«, fragte sie ihren Sohn.

Brandon warf das Bibelbuch zur Seite, rutschte von seinem Stuhl und rannte zur Tür. Sie folgten ihm ins Freie.

»Alles in Ordnung?«, fragte Worth besorgt. Er hielt Brandon die hintere Wagentür auf, doch dann trat er vor Cyn, sodass sie nicht einsteigen konnte. »Irgendetwas stimmt nicht.«

»Doch, alles ist bestens«, beharrte sie.

»Cyn, du bist eine miserable Lügnerin. Was ist verkehrt?«

»Nichts ist verkehrt«, erklärte sie, wobei sie das Wort besonders betonte.

»Aber irgendetwas verschweigst du mir doch?«

»Ich habe nur auf den richtigen Moment gewartet.« Sie atmete tief durch.

»Na ja, du weißt ja, wie sehr ich ein Baby wollte – dein Baby«, sagte sie zärtlich.

»Ist das der Grund, weshalb du wolltest, dass wir es zweimal pro Tag machten, und sonntags dreimal?«

Sie konnte ihren vernichtenden Blick nicht lange halten; die Freude, die sie in sich fühlte, platzte mit einem Lachen heraus.

»Du weißt doch, dass Mutter mir immer geraten hat, mit meinen Wünschen vorsichtig zu sein?«

»Weil du mehr bekommen könntest, als du erwartest.«

»Mhm.«

Er studierte sekundenlang ihre geheimnisvoll funkelnden Augen; dann trat plötzlich eine große Freude in seinen Blick. »Zwillinge?«

»Drillinge.«

Weltbild Buchverlag – Originalausgaben –
Genehmigte Lizenzausgabe 2007 für
Verlagsgruppe Weltbild GmbH,
Steinerne Furt, 86167 Augsburg

5. Auflage 2007


This translation is published by arrangement with
The Bantam Dell Publishing Group,
a division of Random House, Inc.

Projektleitung: Gerald Fiebig
Übersetzung: Heinz Tophinke
Redaktion: Claudia Krader
Umschlag: Hauptmann & Kompanie
Werbeagentur GmbH, München
Umschlagabbildung: Chad Johnston/Masterfile (Porträt),
mauritius-images/age
Satz: Sabine Müller
Gesetzt aus der Stone Serif 9,9 / 13,9 pt
Druck und Bindung: Bagel Roto-Offset GmbH & Co. KG, Schleinitz

Gedruckt auf chlorfrei gebleichtem Papier

Printed in the EU

ISBN 978-3-89897-657-2